Confía en mí

Caroline Cross

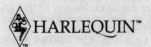

HARLEQUIN™

Editado por HARLEQUIN IBÉRICA, S.A.
Hermosilla, 21
28001 Madrid

© 2005 Jen Heaton. Todos los derechos reservados.
CONFÍA EN MÍ, Nº 1531 - 11.7.07
Título original: Trust Me
Publicada originalmente por Silhouette® Books

I.S.B.N.: 978-84-671-5278-4
Depósito legal: B-25997-2007
Editor responsable: Luis Pugni
Composición: M.T. Color & Diseño, S.L.
C/. Colquide, 6 portal 2 - 3º H, 28230 Las Rozas (Madrid)
Fotomecánica: PREIMPRESIÓN 2000
C/. Algorta, 33. 28019 Madrid
Impresión y encuadernación: LITOGRAFÍA ROSÉS, S.A.
C/. Energía, 11. 08850 Gavá (Barcelona)
Fecha impresion para Argentina: 7.1.08
Distribuidor exclusivo para España: LOGISTA
Distribuidor para México: CODIPLYRSA
Distribuidores para Argentina: interior, BERTRAN, S.A.C. Vélez
Sársfield, 1950. Cap. Fed./ Buenos Aires y Gran Buenos Aires,
VACCARO SÁNCHEZ y Cía, S.A.
Distribuidor para Chile: DISTRIBUIDORA ALFA, S.A.

Capítulo Uno

El estridente chirrido del cerrojo del bloque de celdas rompió el silencio de la tarde.

Lilah levantó la cabeza y, durante un segundo, se quedó inmóvil. Luego, al oír pasos, se apretó contra la pared de cemento de la celda todo lo que pudo.

Recortados bajo la luz de la lámpara del corredor aparecieron dos guardias sujetando a un hombre que tenía la cabeza baja y arrastraba los pies. Mientras los guardias tiraban de él, Lilah observó los brazos musculosos, los duros bíceps bajo la camisa de color verde oliva y el hilillo de sangre que salía de su boca…

Pobre hombre, pensó.

Dejando escapar un gruñido, los guardias intentaron levantarlo un poco más, pero el prisionero parecía casi inconsciente. Su cabeza caía de un lado a otro, como la de un muñeco de trapo, permitiendo a Lilah ver una nariz recta y unos pómulos altos.

Unos rasgos que, de repente, le resultaron familiares.

«No, no puede ser».

¿Qué iba a hacer allí su primer amor, el hombre con el que había comparado siempre a todos los demás, el que seguía apareciendo todavía en sus sueños? ¿Qué iba a hacer allí, en medio del Caribe, en la remota isla de San Timoteo, en la prisión de El Presidente?

No, no podía ser. Lilah había intentado ser valiente, soportar aquello, pero debía estar perdiendo la cabeza. Estaba alucinando.

Y, sin embargo…

Los guardias dejaron al recién llegado en el suelo de la celda que había frente a la suya, pero uno de ellos le dio una patada en las costillas antes de salir, riendo.

Lilah tragó saliva, inmóvil. Las duras lecciones que había aprendido en el último mes la hacían ser muy cautelosa.

Intentando controlar los latidos de su corazón, esperó hasta que dejó de oír los pasos de sus guardianes y luego, incapaz de permanecer inmóvil por más tiempo, se lanzó sobre los barrotes de la celda.

Tan cerca no podía haber duda alguna. Con los años, había cambiado un poco. Para mejor. Sus hombros eran más anchos, sus brazos más fuertes y tenía líneas de expresión en la cara, pero era él.

Dominic Devlin Steele.

Atónita, intentó ordenar sus pensamientos. ¿Qué podía estar haciendo allí? ¿Sería una coincidencia? ¿Una extraña jugarreta del destino?

Eso no parecía probable. Pero la única explicación posible era que estuviera allí a propósito... y la única persona que podía haber orquestado aquello era su abuela.

Aunque, por mucho que lo intentara, no podía imaginar cómo el destino de Dominic Steele podría haberse cruzado con el de Abigail Anson Clarke Cantrell Trayburne Sommers.

Y mucho menos por qué habría aceptado Dominic arriesgar su vida por ella.

Entonces se dio cuenta de que nada de eso importaba. Después de un mes de miedo, soledad y desesperación, era maravilloso ver un rostro familiar. Incluso el de Dominic Steele.

Especialmente, el de Dominic Steele.

–¿Dominic? –lo llamó–. Soy yo, Lilah. Lilah Cantrell –dijo en voz baja, alargando la mano para tocar su cara.

Una década no había conseguido evitar el escalofrío de placer que siempre había sentido al tocarlo.

–No puedo creer que seas tú. Que estés aquí.

Pero tienes que despertar, Dominic. Despierta… háblame. Dime que estás vivo. Muévete… por favor.

Pero él no se movió.

Lilah intentó decidir qué debía hacer. Pero no podía hacer nada. Absolutamente nada. Angustiada, se mordió los labios para contener un sollozo.

Su debilidad la avergonzaba. Pero ver un rostro familiar le había recordado lo horrible que estaba siendo aquel mes de reclusión, la desesperación que había sentido al pensar que podría no volver jamás a su casa… que quizá ni siquiera la echarían de menos.

Pero ella era una Cantrell. Desde la infancia le habían advertido sobre los peligros de la sensiblería, de la falta de carácter. Y, sobre todo, le habían advertido que nunca perdiera el control.

«Tú no eres la que está tirada en el suelo de la celda, inconsciente», se dijo a sí misma.

Debería concentrarse en Dominic y dejar de estrujarse las manos como una heroína de serie B. Podía imaginar lo que diría su abuela: «¡Por el amor de Dios, hija, deja de lloriquear e intenta estar a la altura de las circunstancias!».

Sí, diría eso, con su peculiar tono seco y autoritario.

Como un jarro de agua fría, imaginar el desdeñoso tono de su abuela hizo que encontrase un poco de calma. Tragando saliva, Lilah respiró profundamente y miró a Dominic de nuevo. Tenía que comprobar si estaba malherido. Luego pensaría qué podía hacer por él.

Con cuidado para no hacerle daño, alargó el brazo y tocó su cara, su cuello, las costillas...

No parecía tener ningún daño serio. Y seguía siendo tan duro y tan musculoso como recordaba.

—Vamos, Nicky —dijo en voz baja—. Te necesito. Te necesito de verdad. Despierta, por favor... despierta...

—Venga, Li, cállate ya.

—¡Ah! —exclamó Lilah, mirando aquellos ojos de color verde hierba—. ¡Estás despierto!

—Sí —Dominic permaneció en el suelo, inmóvil, mirándola a los ojos. Luego levantó la cabeza y le regaló una tentativa sonrisa—. Qué suerte tengo —enseguida cerró los ojos, como si le molestara la luz.

Lilah se alarmó. ¿Y si sufría una conmoción cerebral o una fractura de cráneo? Podría tener una costilla rota o el bazo destrozado por la patada del guardia. Podría tener una hemorragia interna y no saberlo siquiera.

–¿Dónde te duele?

–¿Dónde no me duele? –replicó él, irónico–. Pero he sobrevivido a cosas peores, así que no te pongas nerviosa –añadió, con un suspiro de resignación.

–Pero Dominic...

–No, en serio. Estoy bien, no pasa nada. Es que necesito un momento...

«No pasa nada». ¿Cuántas veces le había dicho eso mientras la retaba a hacer algo peligroso o prohibido... pero increíblemente seductor? ¿Cuántas veces había mirado esos ojos para perder la batalla ante la tentación?

¿Cuántas veces había perdido la cabeza cuando él la tocaba?

Suficientes como para no olvidarlo nunca.

Dominic se llevó una mano a la mandíbula y se levantó de un salto, haciendo un gesto de dolor.

Inmóvil, Lilah vio cómo movía los hombros y se tocaba las costillas para comprobar que no había nada roto.

–Buenas noticias, princesa. Creo que voy a sobrevivir.

«Princesa». Ese apelativo, dicho con tono divertido, fue para Lilah como una bofetada.

Furiosa de repente, se levantó.

Pero él no estaba mirándola. Estaba mirando alrededor: los barrotes de la ventana, la cama de cemento con un colchón tan fino como una manta…

–Vaya, tienes que haber enfadado a alguien de verdad para que te metieran aquí. He visto cárceles más agradables que ésta… Ah, espera. Esto es una cárcel.

Estaba bromeando. Bromeando. Ella muerta de miedo por lo que podría haberle pasado y él haciendo chistes.

–Que estés aquí no es una coincidencia, ¿verdad? De hecho, tienes que haber hecho algo a propósito para que te metieran aquí.

–Un punto para la niña rica –sonrió Dominic.

Lilah estuvo a punto de meter la mano entre los barrotes para darle un puñetazo. Seguramente no llegaría, pero…

Horrorizada, se recordó a sí misma de nuevo que era una Cantrell y, como tal, no debía perder los nervios.

–¿Cómo me has encontrado? ¿Cómo sabías que estaba aquí? ¿Te ha enviado mi abuela? ¿Y por qué has venido? ¿Por qué te has arriesgado?

Habían pasado diez años desde su último encuentro. Diez años desde que le dijo que debía irse y desde que él la miró con la misma expresión despreocupada con que la miraba ahora. Diez años desde que le había roto el corazón encogiéndose de hombros mientras decía: «tú te lo pierdes».

Incluso ahora le dolía ese recuerdo. Y le dolía cómo la miraba, tan tranquilo, tan superior… tan machote.

–Explícame qué haces aquí. Ahora mismo…

–Te voy a decir una cosa, Li –la interrumpió él, alargando los brazos para apoyar las manos sobre las suyas–. Haznos un favor a los dos: respira profundamente, cierra la boca y te contaré todo lo que sé.

Capítulo Dos

Denver, Colorado
Cinco días antes

–Hola –Dominic asomó la cabeza en la espaciosa oficina de su hermano, en el cuartel general de Seguridad Steele–. ¿Tienes un minuto?

Gabriel, que estaba sentado frente a su escritorio, levantó la cabeza.

–Sí, claro. Entra.

Dom atravesó el despacho, con suelo de piedra, en dos zancadas. Como todas las demás oficinas en el modernísimo edificio, las paredes de cristal daban a un patio interior. Aquel día, como era típico en enero en las Rocosas, el mundo exterior era un mapa completamente blanco, cortesía de la nevada que había caído por la noche.

–Taggart me ha dicho que hemos rechazado un caso.

Después de Gabe, Taggart era el número dos en la jerarquía de la familia Steele.

—Así es —asintió Gabe—. El cliente llegará a las dos. Voy a recomendarle que se ponga en contacto con Allied.

—¿Por qué?

—Porque no tenemos personal para llevar el caso.

—Lo dirás de broma.

—No —Gabe hizo una rápida anotación y apartó el papel—. Taggart cree que tiene una pista sobre la esquiva señorita Bowen. Josh está liado con el juicio de Romero en Seattle y todos los demás tienen trabajo con el caso de espionaje industrial de Dallas… o en la cumbre económica de Londres. De modo que sólo quedo yo y, aunque no me importaría hacer algún trabajo de campo, ahora mismo me necesitan aquí.

Dominic estudió a su hermano. Para cualquiera que no lo conociese, Gabe debía parecer un hombre tranquilo y poco apasionado, una imagen incrementada por su elección de atuendo: camisas blancas, trajes de chaqueta oscuros y corbatas siempre en tonos discretos. Todo lo contrario que él, que llevaba un pantalón negro y una camisa de lino verde. Sólo alguien que lo conociera bien, como un hermano, por ejemplo, se daría cuenta de la tensión que había en su rostro.

Gabe y Taggart siempre parecían tensos. Dominic estaba convencido de que sus hermanos trabajaban demasiado, sin duda por culpa de la educación que les dio su padre, y no habían tenido tiempo para vivir.

Pero él no. Dominic había decidido cuando era muy joven que la vida era demasiado corta como para pasársela eternamente preocupado por algo. Además, alguien tenía que evitar que Steele Uno y Steele Dos explotasen y aunque Taggart era una causa perdida, aún tenía alguna esperanza para Gabe.

Su hermano mayor sólo necesitaba que alguien le recordase de vez en cuando que el mundo no iba a hundirse porque él lo pasara bien una noche. Y que debería dejar de intentar que los demás lo pasaran bien.

–De acuerdo, todo el mundo está ocupado –suspiró Dominic, dejándose caer sobre una silla–. ¿Y yo qué soy, el hombre invisible?

–Tú sigues recuperándote.

–¿Qué?

–Sólo han pasado dos meses desde el tiroteo. Necesitas más tiempo…

–No necesito más tiempo, estoy bien. Más que bien. Con la terapia que he hecho y los ejercicios que hago en casa todos los días estoy mejor que nunca. Y, desde luego, estoy en mejor forma que muchos que trabajan detrás de un escritorio. Y no miro a nadie.

Gabe ignoró el insulto.

—Olvídalo.

Dominic consideró el tono desdeñoso y se recordó a sí mismo que ya no era el adolescente que sentía la tentación de retar a su hermano, cuatro años mayor, para ver quién era más fuerte o más rápido.

Sí, de acuerdo, su hermano había fundado la empresa de Seguridad Steele y era el responsable de su gran reputación como compañía de protección personal e investigaciones de todo tipo. Pero él, junto con Gabe, Taggart y dos más de los nueve hermanos Steele, había contribuido a aumentar el prestigio de la empresa y ahora era uno de los socios.

Y como socio, tenía capacidad de decisión, le gustase a Gabe o no.

—Me parece que no quiero olvidarme del asunto.

Gabriel soltó el bolígrafo y levantó la mirada.

—A ver si lo adivino. No vas a hacerme caso, ¿verdad?

–No. Así que ya puedes decirme qué está pasando.

Gabe se quedó mirándolo durante unos segundos, como si quisiera convencerlo por inducción, y luego dejó escapar un exagerado suspiro.

–En fin, siempre has sido un cabezota –murmuró, sacando una carpeta del cajón–. La cliente es Abigail Sommers. Hicimos un trabajo para ella cuando estábamos empezando. Pertenece a la familia Anson… ya sabes, los propietarios de minas de oro, y en sus ochenta años ha conseguido aumentar la considerable fortuna familiar que le dejó su padre. Y mientras tanto, ha sobrevivido a cuatro maridos y a dos de sus hijos.

–Ah, debe ser una gran mujer.

–Según el mensaje que me dejó, su única nieta ha sido detenida en la isla de San Timoteo, un país…

–Caribeño, lo sé –lo interrumpió Dom–. Gobernado durante los últimos doce años por un ex general corrupto, Manuel Condesta, que insiste en que lo llamen El Presidente –Dominic se puso las manos en la nuca, arrellanándose en la silla–. He estado viviendo en Londres durante los últimos años, no en la luna. No necesito una lección de geografía, hermanito.

–Perdona, perdona.

–Bueno, ¿y de qué acusan a la chica?

Gabe miró la carpeta, aunque Dom estaba seguro de que ya tenía la información grabada en su cabeza.

–Por manifestarse de forma ilegal, asaltar a un policía y resistirse al arresto.

Dom asintió con la cabeza. Era una vieja historia: la típica niña rica que viajaba a un país extranjero y se emborrachaba o hacía algo que irritaba a las autoridades.

–Me sorprende no haber oído nada en la prensa. Normalmente les encantan estas cosas.

Gabe asintió con la cabeza.

–Sí, es verdad. Pero Condesta controla la prensa de su país con mano de hierro. Y debido a ciertos comentarios en una revista del corazón hace unos años, Abigail Sommers protege su intimidad de la misma manera. Todos los que trabajan para ella, sea cual sea el puesto, tienen que firmar un contrato de confidencialidad.

–Muy bien, pero por lo que he oído sobre El Presidente, es de los que sueltan a la gente por una cantidad de dinero. Con el dinero que tiene la señora Sommers, seguro que podría haber sacado a su nieta de la cárcel. O a través de la embajada.

–Oficialmente, el gobierno norteamericano no mantiene relaciones con San Timoteo desde que fue incluido en la lista de países que albergan terroristas. De manera extra oficial, han hecho lo que han podido. El problema es que Condesta aumenta la cantidad cada día…

–¿Qué?

–La señora Sommers había aceptado pagar el precio que pedía, pero de repente Condesta aumentó la cifra. Y cuando volvió a aceptar, él volvió a aumentarla. Ahora pide un millón de dólares y, mientras tanto, la nieta sigue en la cárcel.

–Ya veo –murmuró Dom. Aunque estaba seguro de que la chica no estaría en la cárcel sino en algo más parecido a un club de campo, la verdad era que, en esas situaciones, las mujeres eran más vulnerables que los hombres… en muchos sentidos–. ¿Y qué quiere que hagamos? ¿Ayudarla con las negociaciones, que saquemos a su nieta de San Timoteo?

–No lo sé. En el mensaje sólo decía que la situación era insostenible y que había que hacer algo.

–En eso tiene razón. Y, a partir de este momento, el que va a hacer algo soy yo.

–No –el mayor de los Steele cerró la carpeta, como si así terminase con el tema.

–Sí –replicó su hermano–. No necesito una niñera, Gabe. Lo que necesito es un poco de acción. Si tengo que pasarme otra semana contando los copos de nieve me volveré loco.

–Dom, no…

–Déjalo, hermano. Nos cuidaste muy bien cuando mamá murió, pero ya no somos niños pequeños. Además, no eres mi jefe. Me voy a San Timoteo y no hay nada más que hablar –Dominic tomó la carpeta de la mesa–. Y me parece que tengo mucho que leer.

–Pero…

–Te veré, junto con la señora Sommers, en la sala de juntas dentro de dos horas. Y no llegues tarde.

Durante un segundo, Gabriel lo miró con expresión furiosa. Pero luego se relajó y soltó una palabrota que empieza por «c» y acaba en «ón».

Riendo, Dominic salió del despacho.

Abigail Anson Sommers no parecía la abuelita de nadie, pensó Dominic, al verla entrar con su hermano en la sala de juntas. Alta y delgada, tenía unas facciones regulares, el pelo blanco sujeto en un elegante moño, unas maneras impecables y la expresión distante de una diosa.

Dom dio un paso adelante para apartar una silla.

–Gracias, joven –dijo ella, sin mirarlo, como haría una reina con un campesino amable.

–De nada –replicó Dom, divertido por el intento, nada sutil, de ponerlo en su sitio.

Después de las presentaciones, Abigail Sommers fue directa al grano:

–Según su hermano, tuvo usted algo que ver con el incidente Grobane. El que salió en todos los periódicos.

–Algo –asintió él, mirándola a los ojos, sin pestañear. Podía preguntar lo que quisiera, pero no tenía intención de contarle nada sobre su último trabajo. Y no sólo porque sería romper el acuerdo de confidencialidad firmado con el cliente… aunque ese acuerdo se había ido como lo que el viento se llevó debido a la atención de la prensa, claro.

No le contaría nada porque, al contrario que a la prensa y al público, a él no le parecía que recibir un balazo por un cliente fuese algo heroico. No, la verdad era que había metido la pata. No hizo caso de su instinto y tuvo suerte de que el disparo no hubiera sido mortal. Aún se despertaba por las noches cubierto de sudor al recordar lo cerca que había estado Carolina Grobane de resultar herida. O muerta.

No podría haber vivido con eso. Y, desde luego, no pensaba recordarlo o recibir halagos por algo que él consideraba un error, dijeran lo que dijeran los demás.

Tomando su silencio por un gesto de modestia, la señora Sommers lo miró con gesto de aprobación.

—Gabriel me ha dicho que ha servido a nuestro país como marine. Y que ha recibido numerosas medallas.

Dominic miró a su hermano con un gesto de reproche que fue recibido con un encogimiento de hombros.

—Sí, es verdad.

—También me ha asegurado que si alguien puede sacar a mi Delilah de este lío, ése es usted.

—Posiblemente.

—¿Posiblemente? —los helados ojos azules de la anciana se clavaron en él—. ¿Qué quiere decir con eso?

—Quiero decir que tengo una idea general de la situación de su nieta, pero no estaría siendo sincero si le dijera que puedo sacarla de allí sin conocer los detalles.

—Ah, bien —murmuró ella, sacando un sobre del bolso—. Todo está aquí. El itinerario original de Delilah, una lista de la gente con la que se encontró… transcripciones de mis conversaciones con los detestables representantes de ese tal Condesta… fotos e información sobre la cárcel de Santa Marita donde la tienen retenida. Ah, y fotos de ella, claro.

—Eso me ayudará mucho —murmuró Dominic—. Pero primero debe decirme lo que espera de mí. ¿Quiere que me encargue de las negociaciones? ¿Que vaya a San Timoteo para llevar el dinero?

—Desde luego que no —respondió la anciana—. Tengo abogados para esas cosas, señor Steele. Abogados y consejeros a los que dejé que me convencieran para negociar con los captores de Delilah porque, según ellos, era la única opción… Mire, señor Steele, puede que yo sea mayor, pero no soy tonta. Quiero que vaya usted a San Timoteo y me traiga a Delilah de vuelta. Como sea.

Dominic contuvo el deseo de pegar un salto de alegría.

—Muy bien. Pero hay cosas que debemos discutir.

—Si se refiere al dinero…

—No, en absoluto —la interrumpió él—. No tengo la menor duda de que puede usted pagar lo que haga falta. Lo que quiero es que me hable de su nieta. ¿Es una líder o… una cría?

¿Es fácil de tratar o una cabezota? ¿Toma decisiones irreflexivas o es una persona seria?

–¿Para qué demonios quiere saber todo eso?

–Bueno, vamos a ver… supongo que me vendría bien para saber lo que debo esperar de ella. ¿Se pondrá a gritar cuando me vea? ¿Dará su opinión sobre todo lo que yo quiera hacer o hará lo que le diga? ¿Se pondrá histérica si tenemos que salir corriendo o si se le rompe una uña?

Abigail guiñó los ojos.

–Puede contar con que mi nieta se comporte de forma sensata, señor Steele. No la he educado para que se porte de forma histriónica. Es una chica seria, responsable y le aseguro que entiende que su deber, o las circunstancias, pueden obligarla a hacer lo que tenga que hacer. No es una criatura emocional, se lo aseguro. Y tampoco es una niña mimada.

–Muy bien –murmuró Dominic–. Pero si es una chica tan virtuosa, ¿cómo ha terminado disfrutando de la «hospitalidad» de Condesta?

–No he dicho que mi nieta sea perfecta –replicó ella, levantando la barbilla–. Aunque tiene muchas cualidades, de vez en cuando… en raras ocasiones, Delilah puede ser inesperadamente obstinada. Este viaje a San Timoteo es un ejemplo. Aunque podría haberlo hecho cualquier persona del equipo, a las que se paga para que hagan estas cosas precisamente, y a pesar de sus obligaciones en casa, decidió ir ella misma para inspeccionar una escuela que había solicitado una beca de la fundación Anson… una organización no gubernamental que fundó mi padre.

—Ya veo.

—Según tengo entendido, cuando terminó de comprobar la solicitud de la escuela decidió acudir a una fiesta local… que acabó siendo una protesta contra el gobierno. La cosa se les fue de las manos, alguien llamó a la policía y cuando el joven con el que estaba mi nieta iba a ser detenido… Delilah se opuso.

Dominic asintió con la cabeza. La nieta podría ser un poco mayor y un poco más sensata de lo que había pensado, pero el resto de la historia era más o menos lo que él imaginaba: un caso típico de la niña rica haciendo lo que le daba la gana sin tener en cuenta que no estaba en su país.

—¿Y cómo cree que se encuentra ahora?

—Seguro que está bien, es una chica muy fuerte. La sangre de los Anson corre por sus venas —contestó la orgullosa anciana.

Podría ser. Al menos, no parecía la clase de chica que protestaría porque no iba a llevarle champán y caviar.

Aunque él pensaba rescatarla de todas formas. Aunque Delilah hubiera sido una niñata insoportable, pensaba ir a San Timoteo para sacarla de la cárcel.

Pero tampoco era tonto y había que hacer las cosas bien. Y en el negocio de la seguridad, eso significaba planearlo todo cuidadosamente y conseguir la mayor cantidad posible de información.

Pero había llegado el momento de terminar con el suspense y decirle a la reina Abigail que iba a buscar a su nieta.

–Muy bien. Lo haré.

–¡Estupendo! –la señora Sommers parecía, de repente, veinte años más joven. Y, por primera vez, reveló la preocupación que sentía–. ¿Cuándo puede irse a San Timoteo, señor Steele?

–En cuarenta y ocho horas. Antes tengo que echarle un vistazo a esto –Dominic señaló el sobre– y hacer algunas llamadas.

–Cuanto antes, mejor.

–La llamaré esta noche para consultar alguna duda y para decirle qué día me voy exactamente.

—Estupendo —repitió la anciana, levantándose.

Después de estrechar la mano de su nueva cliente, Gabe la escoltó hasta la puerta de la sala de juntas. Mientras, Dominic abrió el sobre y sacó una fotografía…

Y lo que vio lo hizo levantarse de la silla.

—¿Ésta es su nieta? —exclamó—. ¿Lilah Cantrell?

La señora Sommers se volvió.

—Delilah, sí. Su padre fue el producto de mi matrimonio con mi segundo marido, James.

Dominic hizo un esfuerzo para disimular, pero tardó un momento en entender por qué no había hecho antes la conexión. Cuando conoció a Lilah, el apellido de su abuela no era ni Sommers ni Cantrell. Y ella se refería a la mansión en la que vivía como… la finca Trayburne.

—Vamos, señora Sommers —sonrió Gabe—. Tiene que firmar unos papeles antes de irse.

En cuanto salieron de la sala de juntas, Dominic volvió a mirar la fotografía que tenía en las manos. Era una chica rubia de ojos azul turquesa, boca preciosa y expresión reservada y retadora a la vez.

Increíble. Delilah Sommers era Lilah Cantrell. Y, a pesar de lo que dijera su abuela, Lilah era una princesita.

Eso lo sabía por experiencia propia.

Porque Lilah Cantrell había sido la primera, y la única, mujer de la que se había enamorado de verdad. La única mujer impredecible en su vida. La única que le señaló la puerta antes de que supiera si quería irse.

Y, desde luego, era la última mujer en la tierra con la que quería volver a encontrarse.

–¿Pasa algo?

Era su hermano, que había vuelto a la sala de juntas con expresión preocupada.

–No.

Y no pasaba nada, se dijo Dominic, guardando la fotografía en el sobre. Había prometido sacar a Lilah de San Timoteo y lo haría. Al fin y al cabo, él era un profesional.

Y el pasado era el pasado. Lilah y él apenas eran unos críos cuando se conocieron. Y él había sabido desde el principio que aquello no tenía futuro. Durante los años siguientes había pensado en ella muchas veces con pena… pero sólo porque el sexo había sido increíble. Más que increíble. Quizá el mejor de su vida.

–¿Seguro que no pasa nada?

La pregunta de Gabe lo devolvió al presente. Dominic lo pensó un momento y luego sonrió.

—Seguro. ¿Qué iba a pasar? Dejo atrás este frío horrible y me voy a un sitio en el que puedo ponerme moreno y liarme a tortas con unos malvados. Y, además, me pagan por ello.

—En serio, Dominic.

—En serio, hermano. No pasa nada.

Capítulo Tres

San Timoteo

–¿Cómo has dicho que te ganas la vida? –las cejas de Lilah, un poquito más oscuras que su pelo, se habían levantado de forma más que elocuente–. ¿Tus hermanos son mercenarios?

Aparentemente, no le había explicado las cosas tan bien como pensaba. Y aquella misión de rescate tampoco estaba siendo el paseo que había imaginado.

Pero tenía tiempo para hacerla entender.

–No, no son mercenarios. Los mercenarios no tienen ética, ni valores, ni reglas… y nosotros tenemos todas esas cosas. Respetamos la ley y no trabajamos para nadie que haga nada ilegal. En serio, podemos permitirnos el lujo de elegir.

Además, los hermanos Steele creían en la justicia y estaban dispuestos a arriesgar su vida por ella.

Y, al contrario que la mayoría de la gente, ellos habían servido a su país; todos los hermanos habían servido en el ejército.

Lilah pareció entender el mensaje.

–Perdona, no quería decir nada negativo. Ni sugerir que no me alegra que estés aquí. Es que… ha sido algo tan inesperado.

–No te preocupes.

Él no pensaba hacerlo. Después de todo, las cosas estaban saliendo más o menos como esperaba. Afortunadamente, ya que había empezado a pensar que aquélla iba a ser la Operación Rescate del Infierno.

Primero, su vuelo a San Timoteo había sido desviado. Luego, cuando por fin pudieron aterrizar, descubrió que su contacto en la isla había desaparecido misteriosamente. Y por eso había tardado más de treinta horas en descubrir que: a) Lilah no estaba donde supuestamente debía estar. b) Una vez que la localizó en un sitio al que la gente llamaba Las Rocas, una prisión aislada y bien guardada a cien kilómetros de Santa Marita, la capital, la única forma de sacarla de allí era que primero lo metiesen a él. Y c) que la única manera de hacer eso era recibiendo más de una patada.

Para complicar aún más el asunto, su móvil había sido confiscado en la aduana y la última información que había recibido era un aviso de tormenta sobre San Timoteo. Y para rematar, con tantos retrasos no había podido ponerse en contacto con la persona que, supuestamente, iba a sacarlos de allí. De modo que tendría que improvisar un plan de rescate.

Pero a él le gustaba improvisar. Y se le daba bien. Tanto que ahora sólo encontraba un problema.

Y el problema estaba a unos metros de él.

Se le había olvidado lo guapa que era Lilah. Seguía pareciendo la Cenicienta de Disney, con ese pelo rubio y esos enormes ojos azules y la clase de piel que uno sólo ve en los anuncios de cremas.

Desgraciadamente para él, al contrario que una heroína de dibujos animados, Lilah era una belleza. Lo era a los dieciocho años y los diez años siguientes no habían conseguido estropear su cara o su figura, todo lo contrario.

Aunque no había nada descarado en ella. Al revés. Era una chica muy elegante, muy refinada. La típica chica que te hace pensar en fiestas en el jardín y conciertos de música clásica, no peleas en el barro ni bares de mala reputación.

Y eso era un problema. Sería una perversidad, pero a los veinte años había sido ese aire de «mírame y no me toques» lo que lo atrajo de ella. A él siempre le habían gustado los retos y Lilah lo era.

Pero ahora ya no era un crío. Tenía treinta años y era un hombre. Y ella le había roto el corazón diez años atrás. Una experiencia que no estaba dispuesto a repetir.

Entonces, ¿cómo podía explicar el deseo que había sentido desde que puso sus ojos en ella?

—Sólo quiero entender —estaba diciendo Lilah entonces.

«Sí, bueno. Yo también, cariño. Me gustaría entender cómo puedo estar aquí pensando en las mil maneras en las que me gustaría hacerte el amor después de diez años».

—¿Qué quieres entender?

—¿Mi abuela fue a tu oficina y te contrató?

—Eso es.

—Y tu hermano ha trabajado para ella en el pasado. Por eso os conocía.

—Más o menos.

—¿Y... después de que tú y yo cortáramos te fuiste de Denver y te alistaste en el ejército?

—Sí. Y ahora, si no te importa, no tenemos mucho tiempo para seguir charlando antes de que traigan la cena, así que deja que te haga una pregunta...

—¿Cómo lo sabes?

—¿Qué?

–¿Cómo sabes que van a traer la cena?

–Porque ayer estuve vigilando este sitio. Hay un árbol enorme a unos cien metros de la entrada. Es tan alto que pude ver cómo sacaban la comida de la cocina. Pero tienes que decirme si vuelven a recoger el plato después de cenar o lo dejan aquí hasta mañana.

–Por ahora, lo han dejado aquí hasta el día siguiente.

–Bien. ¿Alguien pasa por aquí por la noche? ¿Pasan a verte cuando cambian la guardia?

–No. ¿Por qué?

–Porque si ése es el caso, después de que dejen la cena somos invisibles hasta el amanecer. Y para entonces no estaremos aquí.

Dominic vio incredulidad y algo más… ¿un brillo de deseo, quizá? en sus ojos. Sí, Lilah era demasiado educada como para mostrar claramente sus emociones.

–Eso estaría bien. Pero a menos que pudiéramos desmaterializarnos para pasar entre los barrotes no sé cómo vamos a hacerlo. Y aunque pudiéramos, tenemos que atravesar la puerta del corredor y luego pasar por delante de los guardias. Y me parece que eso va a ser imposible.

Dominic sacó una cuchilla de un bolsillo escondido en el pantalón.

–Claro que no. Por eso no vamos a salir por ahí.

–¿No?

–No –contestó él, mirando alrededor. Aunque ya había memorizado el plano de la cárcel, de base rectangular. La cara norte daba a una estrecha carretera. La cara sur, la pared que tenía a la espalda, daba a un acantilado.

Dominic se volvió para mirar fijamente a Lilah y, de cerca, comprobó que tenía un moretón en la muñeca derecha, una herida en el hombro y un rasguño en la mandíbula.

Entonces tuvo que apretar los dientes. Desearía dar marcha atrás en el tiempo y darle una paliza a los guardias en lugar de soportar los puñetazos que tuvo que soportar antes de que lo metieran allí.

–Lilah…

–¿Qué?

–¿Te han pegado?

–Sí, bueno, me han dado algún empujón –contestó ella, apartando la mirada.

–¿Te han hecho… algo más?

–¿Qué quieres decir?

–Tú sabes lo que quiero decir.

–No, no me han hecho nada. Creo que El Presidente ha dado órdenes de que no me toquen.

Dominic dejó escapar un suspiro de alivio. No quería ni pensarlo, no soportaba la idea...

–¿Por qué haría eso?

–No lo sé. Quizá porque sólo le interesa el dinero.

–¿Y esos hematomas?

–Esto –Lilah señaló el hematoma en la muñeca– es que... en fin, uno de los policías se puso un poco bruto. El resto me lo hice en Santa Marita. Hubo un accidente de coche. Bueno, la palabra accidente no es la más adecuada, en realidad...

–Qué canallas.

–El caso es que yo...

–Ya me lo contarás, Lilah. Ahora lo importante es salir de aquí.

–Pero...

–En serio, concéntrate en eso. Es lo único que importa.

Ella dejó escapar un suspiro.

–Si no vamos a atravesar la puerta del corredor, ¿cómo vamos a salir de aquí?

–Si te lo digo, ¿dejarás de hacerme preguntas?

–Sí, claro –contestó ella, haciendo una mueca.

–Vamos a salir aquí a través del agujero que pienso hacer en la pared.

Lilah, atónita, observó a Dominic dándose la vuelta para tocar la pared con ambas manos, como un ciego explorando el rostro de su amante.

En ese momento oyeron el cerrojo del corredor y él se dejó caer al suelo, con la cabeza baja y los ojos cerrados.

Parecía inconsciente y, afortunadamente, el guardia lo creyó también. Mirando con desprecio al norteamericano, dijo algo en la versión del español que hablaban en San Timoteo y se dirigió a la celda de Lilah.

Ella apartó la cara al ver la mirada lujuriosa del hombre mientras ponía el plato en el suelo. Luego le tiró un beso y se alejó por el corredor.

–Bastardo –murmuró Dominic.

–¿Qué ha dicho? ¿Lo has entendido?

–Nada que tú debas oír.

Lilah apretó los labios. No era la respuesta que esperaba.

–No sabía que hablases español.

–Aprendí cuando estaba en el ejército –Dominic se encogió de hombros–. Por lo visto, se me dan bien los idiomas.

–Ah.

–Deberías comer algo.

Lilah miró el plato de judías y el mendrugo de pan. La comida era de color gris y sabía fatal. Aun así, las porciones diarias de alimento eran tan pequeñas que tenía hambre.

Pero, ¿cómo iba a comer si él no tenía nada?

–Lo compartiremos.

–No, de eso nada. Tú lo necesitas mucho más que yo.

Como sabía que discutir no valdría de nada, Lilah tomó la cuchara de madera y comió la mitad de las judías. Luego deslizó el plato por el suelo hasta la celda de Dominic.

Sin decir una palabra, se sentó en la cama y esperó. Como imaginaba, Dominic la estaba fulminando con la mirada, indignado.

–¿No te he dicho…?

–Cómetelo.

Soltando una palabrota, él tomó el plato y empezó a comer.

–¿De verdad crees que puedes hacer un agujero en esa pared de cemento?

–Sí.

–¿Y los guardias? ¿Nadie se dará cuenta?

–Las paredes no son de cemento, sino de una mezcla de yeso y barro. Y la cuchilla que tengo está hecha de titanio.

–Pero…

–Y nadie verá lo que estoy haciendo porque esta pared da a un acantilado –la interrumpió Dominic–. Creo que el plan puede funcionar.

Luego deslizó el plato con fuerza hasta su celda.

–Eso espero yo también –murmuró Lilah.

–No he entrado aquí esperando que se me ocurriera algo, mujer. Sé lo que hago.

–Sí, claro –suspiró ella. Podía parecerse al chico que había conocido diez años antes pero, evidentemente, era un adulto. Y su única esperanza de salir de allí.

–Y ahora, como nuestros anfitriones no parecen muy atentos, lo mejor será que empiece a trabajar. ¿Por qué no descansas un poco? Necesitarás estar descansada para lo que nos espera.

La dejaba a un lado. Otra vez. Pero en esta ocasión Lilah no se sintió ofendida, de modo que se tumbó sobre el bloque de cemento que hacía de cama. En parte porque sabía que discutir con él no llevaría a ningún sitio y en parte porque la falta de alimento y los nervios la tenían agotada.

Sin embargo, no podía apartar los ojos de él. Y no sólo por su ancha espalda y sus fuertes bíceps. No, era porque se daba cuenta de que había estado engañándose a sí misma durante todos esos años, creyendo que la imagen que tenía de él seguía siendo Dominic.

No lo era. La prueba estaba ante sus ojos. Con el paso del tiempo había olvidado lo enérgico que era. Como había olvidado lo que sentía estando a su lado. El mundo, con Dominic, era más interesante, más hermoso.

Había sido así desde el primer día, pensó, recordando…

De nuevo, era un día brillante y caluroso de junio. Ella estaba recostada en una tumbona al lado de la piscina en Cedar Hill, la palaciega finca de Denver que pertenecía al nuevo marido de su abuela.

En la distancia podía oír el ruido de una cortacésped y, absurdamente, su pulso se aceleró. Agradeciendo el camuflaje que aportaban las gafas de sol, Lilah movió la cabeza a la izquierda para ver a aquel chico alto y moreno que cortaba la hierba del jardín.

Se había fijado en él la semana anterior y el señor Tomkins, el hombre que limpiaba la piscina, le había contado que estaría allí sólo durante el verano.

Fuera cual fuera la razón de su presencia en

la finca, con aquellos hombros tan anchos y esa actitud tan masculina, era imposible no fijarse en él. Y sabía que él también se había fijado en ella. Al contrario que los educados chicos con los que solía tratar, él la miraba descaradamente, de una manera casi irritante.

Pero eso no explicaba por qué llevaba una hora en la tumbona, esperando volver a verlo. O por qué cuando lo miraba se le hacía un nudo en la garganta.

Y tampoco entendía el pánico que sintió cuando, al notar que lo miraba, el chico apagó la cortacésped y se dirigió directamente hacia ella.

Antes de que pudiera salir corriendo, estaba frente a la verja de hierro que rodeaba la piscina.

—Hola.

Lilah tuvo que tragar saliva. Pero luego, movida por el orgullo y la educación, se incorporó.

—¿Querías algo?

—Sí —sonrió el chico—. ¿Te importaría darme un vaso de agua?

—¿Perdona?

—Tengo sed. Tú no estás haciendo nada, así que, si no te importa, te agradecería que me dieras un vaso de agua.

–Me parece que no –contestó Lilah, irritada. Esperaba que él se diera la vuelta, pero no lo hizo.

–Venga, por favor. ¿No me digas que eres demasiado elegante como para hablar con el servicio?

–Claro que no...

–Entonces, ¿cuál es el problema?

Lilah había esperado que sus ojos fueran azules, pero eran verdes como la hierba. Y su boca parecía dura y suave al mismo tiempo, con el labio inferior un poco más grueso que el superior...

Se levantó de un salto, sorprendida por esos pensamientos. Apartándose la trenza del hombro, se acercó al bar y llenó un vaso de agua con hielo, notando que le temblaban las manos.

–Toma.

Él aceptó el vaso con una sonrisa y echó la cabeza hacia atrás para bebérselo de un trago. Tenía el cuello ancho, muy masculino...

–Gracias.

–De nada. Y ahora, por favor, márchate.

Pero él parecía no haberla oído.

–Me llamo Dominic. Dominic Steele. ¿Y tú?

–No veo ninguna razón para decírtelo.

–¿Por qué no? Si no sé tu nombre no puedo pedirte que salgas conmigo esta noche.

Si tuviera un poco de sentido común, se marcharía de allí, pensó Lilah. Pero se quedó donde estaba.

–Lilah… Lilah Cantrell.

–Lilah –repitió él–. Un nombre muy bonito para una chica muy bonita. Venga, Lilah, sal conmigo esta noche.

Debería decirle que no. Podía imaginar la reacción de su abuela si se enteraba de que salía con un chico que trabajaba en la finca. Pero su abuela se había ido a pasar el verano en un crucero por el Mediterráneo con su nuevo marido… y salvo por el servicio, estaba sola en la casa hasta finales de agosto, cuando tendría que volver a la universidad.

Pero ella no solía salir con chicos. El sexo opuesto siempre le había parecido aburrido o demasiado grosero. O ambas cosas.

Dominic Steele no era nada de eso. En cinco minutos había conseguido poner su ordenado mundo patas arriba… sorprendiéndola, irritándola y fascinándola al mismo tiempo.

Lo más prudente sería decir que no.

«Venga, ya», la animó una vocecita. «¿No estás cansada de hacer siempre lo que se espera de ti? ¿No estás cansada de ser una buena chica, una buena estudiante, una buena nieta? Después de todo, ya no eres una niña. Y por mucho que diga la abuela, tú no te pareces nada a tu madre».

–No me tendrás miedo, ¿verdad? –sonrió Dominic.

–Por favor –replicó ella, con un gesto de desdén.

–Pues demuéstralo.

–Muy bien. Supongo que puedo mirar mi agenda…

–Genial. Vendré a buscarte a las ocho. Ah, y por cierto…

–¿Qué?

–Ponte pantalones.

–¿Por qué?

–Te enterarás esta noche –contestó él, enigmático. Y luego, tan seguro de sí mismo como un príncipe, se alejó.

Lilah sospechó lo que la esperaba cuando fue a buscarla por la noche en una moto negra.

Afortunadamente, su abuela no estaba en Denver, pensó. Pero una vez en la moto, no tuvo más remedio que abrazarlo, poner la mejilla sobre su espalda y confiar en que no la matase en la carretera.

Recordándolo después, aquel viaje en moto había sido la metáfora perfecta para su relación. Había sido salvaje, excitante, emocionante. Dominic la llevó a sitios en los que no había estado nunca.

En unas horas se había enamorado de él. En unos días se convirtieron en amantes. Y después de eso…

—¿Lilah? ¿Estás despierta?

Ella abrió los ojos, sobresaltada.

—Sí, sí…

La celda estaba a oscuras, salvo por la luz de la luna que entraba por la ventana. Al mirar alrededor, Lilah comprobó que Dominic estaba en su celda, a su lado.

—¿Cómo has entrado? —preguntó, atónita.

—Llevaba una ganzúa dentro de la bota. Venga, vamos. Es hora de salir de aquí —dijo él, tomándola del brazo.

Para cuando por fin supo lo que estaba haciendo, Dominic la había sacado ya de la celda. Ella lo seguía, sin dejar de mirar fijamente su espalda, cuando, de repente, Dominic se detuvo.

—¿Qué…?

Lilah dio un paso a la izquierda y vio entonces un enorme agujero en la pared de su celda. Un agujero por el que cabría una persona. Frente a ella, un cielo lleno de estrellas… y debajo el mar.

–Dios mío… ¿vamos a salir por aquí?

–Eso es.

–Pero… pero es un acantilado. Tiene que haber cien metros por lo menos hasta el agua…

–Cincuenta metros.

–¿Y cómo vamos a salir entonces?

–Muy fácil, saltando.

Lilah pensó que no había oído bien.

–Lo dirás de broma.

–No.

–Pero eso es una locura. Si la caída no nos mata, las olas nos golpearán contra las rocas… Eso si no nos abrimos la cabeza con una de ellas al saltar.

–No hay rocas y la marea está bajando en este momento. Y el ruido de las olas suena más peligroso de lo que es en realidad. No te preocupes, no nos pasará nada. Lo he comprobado.

Lo había comprobado. Eso la tranquilizó un poco… lo cual era absurdo. Si había un hombre en el que no podía confiar era precisamente Dominic Steele.

Pero no tenían alternativa. Ya no. No quería ni pensar en lo que sería de ellos si los guardias descubrían lo que había hecho.

–Mira, sé que te dan miedo las alturas…

–No, no pasa nada. Si tú crees que podemos saltar…

–Lo creo.

–Pues muy bien. Si esto es lo que tenemos que hacer, lo haremos.

–¿Quieres decir que no voy a tener que atarte y amordazarte?

–No.

–Una pena –sonrió Dominic, con esa sonrisa que siempre había hecho que le diera un vuelco el corazón–. Entonces, vamos a hacerlo.

–¿Ahora mismo?

–Sí, ahora mismo –contestó él, tomándola por la cintura.

Por un momento, la sorpresa del abrazo fue tan abrumadora que a Lilah se le olvidó tener miedo.

Y luego se le olvidó todo lo demás porque Dominic la estaba empujando para que saltara por el agujero, para que saltara al vacío. A su lado.

Capítulo Cuatro

La brisa nocturna bailaba con las palmeras y la luna jugaba al escondite con una flotilla de nubes. Afortunadamente, el plateado orbe ofrecía luz suficiente para guiar a Dominic y Lilah hasta la playa.

—Tranquila —dijo él, cuando Lilah tropezó en la arena.

—Estoy bien.

—Sí, bueno, después del salto es normal que estés un poco nerviosa.

¿Normal? Para ella quizá. ¿Pero Dominic? Lilah lo miró de reojo. Parecía absolutamente tranquilo, como si no hubiera pasado nada, como si no acabaran de fugarse de una prisión en un país dominado por dictador. Con sus pantalones cargo de color verde oliva y la camiseta negra parecía un héroe... o un actor de cine haciendo el papel del héroe. Era como si acabara de nadar unos largos en una piscina.

Y había sido esa fuerza suya lo que la ayudó

a dar un salto que parecía no terminar nunca. Y lo que la ayudó a hundirse en el agua, negra como la noche. Había sido su voz lo que la animó a sacar la cabeza y a respirar cuando por fin salieron a la superficie, sin aire en los pulmones.

Y fue su presencia lo que le había dado la fuerza para ignorar sus temblorosos músculos y nadar hasta la playa.

Y por eso era más humillante que ahora, cuando estaban casi fuera del agua, siguiera temblando como una tonta.

–¿Li? –la llamó él, como solía hacerlo diez años antes–. ¿Qué te pasa?

–Nada. Es que necesito un momento para tranquilizarme.

Horrorizada, notó que le temblaba la voz.

–¿Qué ocurre?

–No sé qué me pasa. De repente, me tiemblan las piernas y me dan ganas de reír y llorar al mismo tiempo… ¡Ay, Dios mío, no te he dado las gracias todavía!

–No hace falta. Sólo estoy haciendo mi trabajo.

–Ah, claro.

–Y esa reacción es normal, no te preocupes. No creo que te tires por un acantilado todos los días –intentó bromear él.

En realidad, le debía la vida. ¿Y así era como iba a pagarle, poniéndose a llorar como una tonta? ¿Actuando como la cría ingenua que había sido diez años antes?

No. Después de lo que había hecho por ella, Dominic se merecía algo mejor.

—Puede que tú no quieras oírlo, pero tengo que decirlo. Gracias, Dominic. Gracias por venir a sacarme de ese sitio espantoso.

Para su sorpresa, en lugar de decir: «Bah, no ha sido nada», él se volvió y se quedó mirando las palmeras.

—No me des las gracias todavía. Aún tenemos mucho camino por hacer antes de salir de aquí.

—De todas formas, gracias. Siempre te estaré agradecida por lo que has hecho…

—Déjalo ya, Lilah.

Una ola más fuerte que las demás los golpeó entonces. Desprevenida, Lilah tuvo que agarrarse a él para no caer al agua y Dominic la sujetó tomándola por la cintura. Pegada a él, a aquel cuerpo que parecía de hierro, volvió a sentir un deseo que sólo Dominic Steele había sido capaz de despertar.

Y no le importaba. Lo único que importaba era que podría morir esa noche. Que los dos podrían morir esa noche. Y enfrentada con ese horror, todas sus inhibiciones, todos sus miedos desaparecieron.

–Dominic... –murmuró, levantando una mano para acariciar su cara.

–Lilah...

–Dame un beso.

Él se quedó parado, mirándola con una expresión indescifrable. Luego, emitiendo una especie de gemido ahogado, la tomó con un brazo por debajo de las piernas y con el otro por la cintura para besarla a placer.

La presión de sus labios era maravillosa. Siempre había besado muy bien y eso no había cambiado en absoluto. Parecía saber perfectamente la presión que debía aplicar, el tiempo que debía esperar antes de apartarse, antes de mover la cara para buscar otro ángulo...

–Ya está bien –dijo él entonces, inesperadamente, apartándose como si tuviera una enfermedad infecciosa.

–Pero... ¿qué pasa?

–No, nada, déjalo... Vamos, tenemos que salir de aquí lo antes posible.

Y, sin decir otra palabra, empezó a caminar hacia la playa.

Lilah tragó saliva, nerviosa. Podría hacerle muchas preguntas, pero seguramente no serviría de nada. Aunque, evidentemente, Dominic no la encontraba repulsiva –el empuje de su erección era una prueba más que evidente– también estaba bien claro que no quería besarla. Seguramente había olvidado el pasado. Quizá no la había perdonado todavía.

Pues muy bien, pensó. Estaba en su derecho. Por muy humillada que se sintiera, por muy desesperadamente que quisiera volver a besarlo, respetaría sus deseos y mantendría las distancias.

Era lo mínimo que podía hacer.

De modo que, apretando los labios para contener las lágrimas, lo siguió hasta la playa.

–¿Qué es esto? –Dominic miró con una mezcla de asco y disgusto el jeep que había escondido entre los arbustos.

O, mejor dicho, lo que quedaba del jeep. Que no era mucho. Las barras de metal y la tapa del capó. Alguien se había llevado las ruedas, los asientos y el motor.

«La escapada del infierno, segunda parte», pensó, irónico y furioso al mismo tiempo.

Salvo por el beso.

¿Por qué lo habría hecho?

Sería muy fácil quitarse la ropa y hacerle el amor allí mismo, pero no podía hacer eso.

Menuda manera de darle las gracias por lo valiente que había sido saltando a oscuras por un acantilado. Y muy profesional por su parte besar a la persona a la que debía rescatar. Además, ella le había dicho lo que sentía y era gratitud, no deseo.

Había estado a punto de hacerle el amor allí mismo, en la playa. Sería idiota...

Si hubiese habido algún guardia con un rifle se podría haber dedicado al tiro al blanco. Sobre todo con Lilah, porque su pelo rubio se veía en la oscuridad.

Y ahora el jeep.

Estaba convencido de que nadie lo vería entre los arbustos, de que ésa sería su forma de escapar hasta Santa Marita, donde pensaba robar una avioneta para llegar a un puerto amigo...

Dominic soltó una palabrota que casi hizo que la marea se retirase del susto.

—Veo que pensabas escapar en este jeep —suspiró Lilah.

—Sí.

—¿Y ahora qué hacemos?

—¿Tú qué crees? Ir andando.

—Ah.

—Quédate aquí, voy a buscar una cosa.

Dominic se inclinó para hacer un agujero

en el suelo cerca de un árbol... y Lilah vio que sacaba un paquete de nylon. Parecía una mochila.

–Menos mal que no han encontrado esto –suspiró Dominic.

Cuando se volvió, la buena noticia era que Lilah estaba donde la había dejado. La mala, que estaba quitándose el agua del pelo y, al levantar los brazos, la blusa blanca que llevaba, empapada, se pegaba a sus pechos como una segunda piel.

Dominic tiró la mochila al suelo y la abrió con más fuerza de la necesaria.

–Toma, ponte esto –le dijo, ofreciéndole una camiseta negra–. Por lo menos está seca y será más difícil que te vean.

Lilah se quitó la blusa empapada y él tuvo que tragar saliva. Se había quedado en sujetador. Tranquilamente.

–¿Nos vamos?

Justo lo que necesitaba, un strip-tease privado. Ahora no podría quitarse de la cabeza aquellos pechos redondos...

–Sí, claro.

Era el momento de hacer algo de ejercicio, decidió. Y aunque le gustaría hacer algo que lo agotase, como cruzar el mar de Bering a nado, por ejemplo, tendría que contentarse con un paseo por la carretera... a un paso que Lilah pudiera seguir.

Dominic sacó un reloj, un cuchillo y una cantimplora y se colocó la mochila a la espalda.

–Ve detrás de mí. Cuando estemos en la carretera, si oyes algo extraño... una voz, pasos, el ruido de algún vehículo, un perro ladrando... escóndete entre los arbustos. ¿Me has oído?

–Sí.

–Pues vamos. Cuanta más distancia pongamos con los hombres de El Presidente, mejor.

Gracias a la espesa jungla tardaron casi cinco minutos en llegar a la carretera, aunque la palabra carretera era muy generosa para el camino de tierra que llevaba de la cárcel a un pequeño pueblo con cuatro o cinco casuchas.

Un pueblo por el que Dominic había pasado dos días antes sin ser visto y donde ahora debía encontrar algún medio de locomoción ya que para cuando llegasen allí su desaparición habría sido descubierta.

En cuanto los guardias llevaran el desayuno a la celda, sabrían que el americano loco que había llegado a la cárcel exigiendo una botella de tequila no estaba tan loco como parecía.

Dominic empezó a caminar a buena velocidad, mirando hacia atrás de vez en cuando para comprobar que Lilah lo seguía.

–¿Todo bien?

–Sí.

A pesar de la afirmación, se daba cuenta de que parecía agotada. Pero estaba claro que pensaba caminar toda la noche antes de admitirlo. Por supuesto, Lilah siempre había sido una chica fuerte. Podía parecer delicada, pero tenía la fuerza de diez mujeres.

–Pues yo no estoy bien, así que vamos a descansar un poco.

Ella no dijo nada. Al principio porque estaba descansando. Pero luego… en fin, ¿por qué iba a querer hablar con él? Mejor, pensó. Quizá si actuaba como si Lilah fuera invisible, su nivel de testosterona volvería a la normalidad.

Dominic tomó un trago de agua y miró alrededor antes de volver a mirarla a ella. Al hacerlo, vio que se apoyaba en un árbol.

–¿Qué te pasa?

–Nada, es que he pisado algo…

–Déjame ver.

Dominic se inclinó para mirar su pie. Su pálido, delgado y descalzo pie.

Y se quedó helado.

–¿Dónde están tus zapatos?

–En los bolsillos del pantalón. Me los quité en la playa.

–¿Por qué?

–Porque son sandalias. Se me habían llenado de arena y me estaban haciendo mucho daño. Además, no quería retrasarte. Voy mejor descalza.

–Lilah, tú no tomas las decisiones en este momento. ¿Lo entiendes?

–Sí –suspiró ella.

Respirando profundamente para calmarse, Dominic examinó el pie herido. Afortunadamente, sólo tenía un pequeño corte y algo que parecía una ampolla en el empeine.

–No es nada. Con un poco de desinfectante se te curará –murmuró, abriendo la mochila para sacar un botiquín–. Mañana buscaremos unos zapatos adecuados para ti, pero por ahora creo que hemos caminado suficiente. Además, amanecerá dentro de poco. Es mejor que acampemos y durmamos un rato.

–Muy bien. Supongo que debo darte las gracias… otra vez.

Fue entonces cuando Dominic cometió un error fatal.

La miró. Y, al hacerlo, toda la rabia que estaba usando para no pensar en ella, para no verla como mujer, desapareció… como el aire de un neumático pinchado.

Porque así de cerca, no podía dejar de ver

la curva de sus labios, su preciosa piel… y el brillo de lágrimas en sus ojos.

Estaba llorando por su culpa. Después de soportar semanas de encarcelamiento, después de haberse tirado por un acantilado, algo que ni siquiera un soldado bien entrenado haría sin haber probado antes…

–Venga, princesa… no llores, por favor.

–Lo siento –murmuró ella, secándose las lágrimas con el canto de la mano–. No lo haré, te lo prometo.

Y en ese momento Dominic supo que había perdido la batalla.

Con un gemido, se dejó llevar por un deseo que parecía haber nacido dentro de él no horas sino años antes. Acercándose un poco más, enterró las manos en su pelo y buscó sus labios como un hombre sediento.

Capítulo Cinco

Por regla general, besar para Dominic era un arte.

Había algo increíblemente seductor en explorar los labios de una mujer, en saborearla, en descubrir qué le gustaba.

Besar a Lilah, sin embargo, entraba en otra categoría. Adiós al arte, hola a los deportes de contacto.

Era muy irritante. Pero cada vez que la tocaba, se volvía loco.

Había sido así desde el principio.

No era una sorpresa, ya que cuando se conocieron él apenas era un crío, que se hubiera acercado a ella con la sola idea de acostarse con una niña rica. Y su deseo aumentó después de su primer encuentro cara a cara, el día que se acercó a pedirle un vaso de agua en la piscina. De cerca era mucho más guapa; una gloriosa rubia con el aire aristocrático que había esperado… y una vulnerabilidad que no había esperado en absoluto.

Desde luego, nunca se le habría ocurrido pensar que era virgen. O que el descubrimiento de esa verdad despertaría en él un deseo protector totalmente inesperado.

Tampoco se le había ocurrido nunca que después de acostarse con ella, en lugar de haber satisfecho su curiosidad, querría más.

Pero así fue. El hecho de que fuese joven y arrogante no era excusa para su falta de percepción porque, a pesar de su edad, él no era un crío ingenuo. Había crecido en cuarteles y había vivido yendo siempre de un lado para otro, conociendo a todo tipo de gente. Empezó a trabajar a los diez años, una necesidad en una familia sin madre y con nueve hermanos.

También había tenido experiencias sexuales y pensaba, con una arrogancia que ahora lo avergonzaba, que sabía todo lo que había que saber.

Pero no era así.

Había descubierto eso durante su primera cita con Lilah.

Había ido a buscarla en su moto esa noche, una vieja Harley que había sacado del desguace y que su hermano Taggart lo había ayudado a reconstruir. Además de su primera misión en los marines, aquélla era la primera vez que estaba realmente nervioso. Aunque no iba a admitirlo. Habría dejado que le arrancasen las uñas de los dedos una a una antes de admitir que aquélla no era otra cita más.

Sí, seguro.

Lilah llevaba unos pantalones blancos y un jersey azul claro, casi del mismo color que sus ojos. El pelo rubio sujeto en una coleta y unos pendientes de perlas en las orejas. Llevaba un perfume muy suave, algo que olía a vainilla… completamente diferente a los perfumes que solían llevar las chicas con las que él salía.

Olía a algo caro, muy caro, algo por lo que él podría trabajar toda su vida y nunca sería capaz de comprar.

Pero cuando le aseguró que no le pasaría nada, Lilah subió a la moto y se agarró a él con fuerza. La había llevado a Carlin's, una hamburguesería en la calle Miner donde solía quedar con sus amigos. Cuando entraron, Lilah sólo lo miraba a él. Y había ganado muchos puntos por no mirar a nadie más, debía reconocer Dominic.

Durante la hora siguiente, lo sorprendió revelando que lo que parecía arrogancia era, en realidad, timidez. Y que tras la fachada de seriedad había un gran sentido del humor y una enorme inteligencia.

Sólo se puso un poco tensa cuando terminaron de cenar y él le pasó un brazo por los hombros mientras salían de la hamburguesería.

Luego fueron a Diablo Point, una colina desde la que podía verse todo Denver. Era la típica noche de Colorado, con luna llena y las estrellas brillando en el cielo, casi tan cerca como si pudieran tocarlas.

Tomándola de la mano, Dominic la llevó bajo las protectoras ramas de un roble. Ninguno de los dos dijo nada; se quedaron allí, admirando el paisaje a la luz de la luna...

Y entonces la besó y fue como si algo hiciera explotar su cabeza. Perdió el control por completo. En un segundo pasó de ser un chico que, aunque joven, controlaba la situación a ser un crío que lo único que deseaba en el mundo era besar a aquella chica preciosa.

Aunque no tuvo que suplicar porque Lilah se entregaba por completo, tanto como él. Era un milagro. Aunque no emitió sonido alguno, enredó los brazos alrededor de su cuello, temblando mientras recibía de forma inexperta sus besos. Eso le había dicho todo lo que tenía que saber.

Lilah lo deseaba.

Y, por alguna razón, saber que lo deseaba lo excitaba más que nada… pero también consiguió calmarlo un poco.

Había logrado no hacerle el amor hasta la cuarta cita, diez días más tarde.

Fue una experiencia inolvidable, por decir algo. No había sentido sólo deseo… no, era mucho más que eso. Era algo nuevo, algo especial. Y Dominic no quería que terminase nunca.

Sólo años más tarde, cuando estaba en los marines, por fin pudo ponerle un nombre a ese sentimiento.

Él y una chica con la que estaba saliendo en ese momento habían ido a su casa una noche y, antes de que Dominic pudiera evitarlo, la chica puso la película *Titanic*. Al principio no prestó demasiada atención, porque estaba ocupado en actividades más interesantes, pero al ver a Leonardo di Caprio en la popa del barco, recibiendo el viento en la cara y gritando «Soy el rey del mundo»… pensó en Lilah.

Y entonces entendió. Entendió que lo que había sentido con ella era eso. Con Lilah, era el rey del mundo.

Por supuesto, no estaban en la misma situación en ese momento.

«No, ahora tienes un problema mucho mayor. ¿O no te has dado cuenta de que estás a punto de romper la regla de no mantener relaciones con una cliente?».

Sí, lo que más deseaba en aquel momento era seguir besándola, tocar los contornos de su cuerpo, descubrir cómo había cambiado en esos años… pero no podía hacerlo. Por mucho que lo deseara, no podía hacerlo.

Entonces se dio cuenta de que Lilah se había apartado y tenía los ojos cerrados.

–Lilah… ¿qué pasa? ¿Quieres que paremos?

–No, no, por favor… yo…

–¿Qué? Venga, dímelo. ¿Qué te pasa?

–Lo siento, sé que estoy portándome como una cría, pero… antes, en la playa he debido hacer algo que te ha molestado y no quiero volver a hacerlo. No quiero que nos enfademos.

¿Qué había hecho en la playa, además de excitarlo?

–No eras tú, Lilah. Hasta que salgamos de esta isla, tu seguridad es… o debería ser mi única prioridad. Por eso me enfadé conmigo mismo. Podrían habernos disparado desde cualquier sitio… no me estaba portando como un profesional. Y tampoco lo estoy haciendo ahora.

–Entonces eras tú, no yo.

–Así es. Y ahora lo mejor es que deje de

meter la pata y empiece a ganarme el sueldo que me paga tu abuela.

–Pero…

–¿Puedes quedarte aquí sola un momento mientras yo busco un sitio en el que podamos dormir?

–Sí, creo que puedo hacerlo –sonrió ella.

–Muy bien –dijo Dominic, de repente impaciente por alejarse. Que su sonrisa lo hubiera excitado de nuevo no era el problema. Tenía un trabajo que hacer y cuanto antes lo hiciera, antes podrían irse de San Timoteo.

–No tardaré mucho –le aseguró. Y luego se perdió en la oscuridad.

Lilah despertó en los brazos de Dominic.

Durante un segundo pensó que estaba soñando, pero el roce de su aliento en la cara le dijo que era verdad.

No sabía cuánto tiempo estuvo así, inmóvil, temiendo despertarlo… antes de sucumbir a la tentación y apretarse un poco más contra él. Haciendo un esfuerzo, logró recordar lo que había pasado.

Después de saltar por el acantilado habían caminado por la carretera hasta que se hizo daño en el pie. Y luego Dominic la había besado… bueno, se habían besado. El recuerdo de aquel beso fue suficiente para iluminarla por dentro. Después Dominic había desaparecido, como si fuera parte de la noche.

Había vuelto enseguida e, ignorando sus protestas, la había llevado en brazos hasta el sitio que había elegido para acampar esa noche. Había colocado una manta en el suelo y la hizo beber un poco de agua y comer una barrita de chocolate que sacó de lo que empezaba a parecer una mochila sin fondo.

Después, todo era borroso. Recordaba que había empezado a quedarse dormida mientras Dominic vigilaba, sentado a su lado. Pero no recordaba cuándo se había tumbado.

Ahora, el sol empezaba a salir y se oían los primeros cantos de los pájaros. La fresca brisa de la noche había desaparecido también y el calor era tan pegajoso como siempre. Pero ella tenía la cabeza apoyada sobre el fuerte hombro de Dominic y sus piernas estaban entrelazadas.

Resultaba difícil creer que el día anterior a aquella hora hubiese estado sola. En la cárcel. A punto de perder toda esperanza. Y muerta de miedo.

Aunque ése no era un gran descubrimiento. Durante las semanas de cautiverio, se había dado cuenta de que llevaba toda la vida muerta de miedo. Tenía miedo de defraudar a su abuela, de ensuciar el buen nombre de la familia, de convertirse en su madre, una mujer a la que nunca conoció.

Según su abuela, había sido su madre, una mujer hermosa pero insensata, la responsable de la muerte de su padre. Como una sirena, Melanie Morgan Cantrell había conseguido que el hijo de Abigail, James, olvidara sus responsabilidades. Si hubiese estado encargándose del negocio familiar, como esperaba su abuela, nunca habría decidido ir a aquella frívola fiesta en Montana y nunca habría subido a la avioneta que se estrelló en las Rocosas, matando a todos los que iban a bordo.

Aunque Abigail nunca lo había dicho con tanta claridad, Lilah sospechaba que, para su abuela, Melanie había recibido un justo castigo.

Pero su abuela sí había dejado claro que no pensaba dejar que siguiera los pasos de su madre. La había educado para que fuera una persona responsable y seria.

Y aunque parecía contenta con el resultado, ¿qué pensaba ella?, se preguntó Lilah. Durante la última semana, la respuesta a esa pregunta había quedado dolorosamente clara.

Tenía treinta años y estaba sola. No tenía

recuerdos, no tenía una vida social que pudiera llamarse así, no tenía novio…

Pero eso iba a cambiar. Ella iba a cambiar.

La posibilidad, que unos días antes sólo le parecía un sueño, era cada vez más real. Como lo era la pregunta de por dónde empezar.

Deseaba a Dominic. Podía intentar engañarse a sí misma, pero ésa era la verdad. En cuanto lo vio en la celda había sentido lo que sintió diez años atrás. Porque una parte de ella no había dejado de quererlo en esos diez años. Porque desde el momento que reconoció su cara en la cárcel, había querido que volviera a su vida más que nada en el mundo… fuese por una hora, un día, un mes o un año. Quería la posibilidad de saber si podía haber un futuro para ellos ahora que eran adultos.

«¿Y luego qué?», se preguntó. «¿Y si no funciona? Perderlo la primera vez estuvo a punto de destrozar tu vida y esta vez sería mucho peor ¿Estás dispuesta a arriesgarte?».

Sí. Sin ninguna duda, la respuesta era: sí.

Una vez decidida, inclinó la cabeza y besó el brazo de Dominic.

Él despertó de inmediato, como por un resorte. Se volvió hacia ella, mirándola con una expresión extraña en sus ojos verdes.

—Buenos días.

—Buenos días. ¿Has descansado?

—Sí —contestó Lilah, con el corazón acelerado—. Dominic, yo…

—Calla… ¿has oído eso?

—¿Qué?

—¿No lo oyes?

Lilah hizo un esfuerzo por controlar los latidos de su corazón y aguzar el oído. Y entonces lo oyó. Era ruido de camiones y hombres gritando en la distancia.

—¿Crees que…?

—¡Maldita sea, son ellos! —exclamó Dominic—. ¡Vamos, levántate! ¡Tenemos que irnos de aquí a toda prisa!

—Sabías que saldrían a buscarnos, ¿no?

—Pero no sabía que traerían perros.

—¿Perros? —repitió ella, angustiada.

—¿No los oyes?

—No… Ay, Dios mío.

—Tranquila, Li. No voy a dejar que nadie te haga daño, te lo prometo —dijo él entonces, tomándola del brazo.

Lilah abrió la boca para decir que confiaba en él, pero antes de que pudiera decir nada, Dominic inclinó la cabeza y la besó.

Fue un beso rápido y potente y la firme presión por un momento la hizo abandonar sus miedos.

—¿Lista?

—Sí.

—Pase lo que pase, no te separes de mí y haz exactamente lo que yo te diga.

—Muy bien.

—Buena chica. Vamos.

Dominic empezó a caminar, abriéndose paso entre la maleza a grandes zancadas. Y Lilah lo siguió, sin dejar de mirar su espalda, convencida de que él no dejaría que le pasara nada malo.

Capítulo Seis

–Se están acercando, ¿verdad?

–Un poco –asintió él, aumentando la zancada cuando se acercaron a una colina. No había razón para decirle que, por mucho que corrieran, los perros los encontrarían en menos de media hora. Pero si era así, se enfrentaría con ellos. Al fin y al cabo, llevaba una automática de 9 milímetros en la mano y un cuchillo en la otra.

Pero no quería que llegara ese momento. Porque si mataba a los perros, sus perseguidores sabrían que habían encontrado la pista. Además, tendría que usar la pistola desde muy cerca para lograr su objetivo. Y aunque haciéndolo Lilah estaría a salvo, no había nada agradable en tener que matar a un animal. Sería traumático para alguien como ella y Dominic prefería evitarle esa experiencia.

Aunque estaba seguro de que Lilah no diría nada. Estaba empezando a aceptar que no era una niña mimada como había creído. Y que era mucho más intrépida de lo que parecía.

–No te preocupes. No van a atraparnos, te lo prometo.

–Confío en ti. No sé por qué, pero confío en ti. ¿Tienes un plan para escapar de aquí?

–Dame unos minutos y lo tendré –contestó él, pensativo.

Había memorizado el mapa de la zona, de modo que se desviaron del camino para perderse en la jungla, donde sería más difícil localizarlos. Aunque no resultaba fácil caminar sobre un suelo cubierto de raíces y teniendo que apartar ramas continuamente.

Desde el sur les llegó entonces el retumbar de un trueno. Sin que se dieran cuenta, el cielo se había ido cubriendo de nubes poco a poco. Que la lluvia llegase a tiempo para salvarlos de los perros sería un milagro, pero en aquella situación iba a tener que confiar en los milagros.

–¿Estás bien?

–Sí, sí –contestó Lilah.

Dominic la miró y comprobó que esa afirmación era más que discutible. Se le habían roto los pantalones, tenía un corte en la mejilla y numerosos arañazos en los brazos y los pies. Le dolía verla así, pero como no podía hacer nada por el momento decidió hacer lo que estaba entrenado para hacer: olvidar sus preocupaciones y concentrarse en salir de allí cuanto antes.

Cuando estaba empezando a pensar que se había equivocado de camino encontró el arroyo que buscaba.

—Ya estamos cerca —le dijo—. Cuando lleguemos podrás descansar.

Moviéndose tan rápido como le era posible, tomó a Lilah en brazos.

—¿Qué haces?

—Ayudarte a atravesar el arroyo.

—Pero puedo hacerlo sola...

—No, no puedes. En el centro se hace más profundo y la corriente podría arrastrarte. Toma esto —dijo Dominic cuando llegaron al otro lado, poniendo la pistola en su mano—. Y no te muevas.

—¿Dónde vas?

—Voy a dejar una pista falsa para los perros.

—Pero...

—¿Entiendes lo que acabo de decir? No te muevas.

—Sí, pero...

—Confías en mí, ¿no?

—Sí, pero...

–Entonces no te muevas de ahí. Volveré enseguida.

–Ten cuidado –murmuró Lilah.

–Lo haré –sonrió él, antes de volver a cruzar el arroyo.

La mochila de Dominic pesaba una tonelada, pensó, dejándola en el suelo. No entendía cómo había podido correr llevando eso al hombro. Desde luego, estaba en mejor forma de lo que había pensado. Y no sólo eso, también parecía saber bien lo que hacía.

Suspirando, se dejó caer sobre una piedra, recordando el beso, recordando lo que había decidido cuando oyeron las voces de los hombres de Condesta…

Entonces sintió unas gotas cayendo sobre su cara. Había empezado a llover.

Un trueno retumbó sobre su cabeza y Lilah levantó la cara para recibir ese bienvenido torrente de agua. Era una oportunidad para lavarse un poco, pensó, buscando en los múltiples bolsillos de la mochila de Dominic. Afortunadamente, encontró lo que buscaba: una pastilla de jabón.

En un segundo se quitó los pantalones y la camiseta y se lavó la cara y el pelo, suspirando de felicidad al notar que la lluvia lo aclaraba al instante. Luego se lavó todo el cuerpo, frotándose como si quisiera borrar toda huella de la apestosa cárcel. Cuando estaba lavándose entre las piernas soltó una risita al pensar en lo que diría Millie, la fastidiosa ama de llaves de su abuela, al descubrir que se había lavado las carísimas braguitas de encaje mientras las llevaba puestas. Lilah levantó la cara de nuevo y dejó que la lluvia la aclarase del todo…

–Ah, ya veo. Es una fiesta privada.

Al oír la voz de Dominic, ella abrió los ojos, asustada.

–No…

Nerviosa, se cubrió los pechos con los brazos.

–¿O puedo participar? –sonrió Dominic.

Lilah tragó saliva, nerviosa.

Gracias a Dios, no le había pasado nada.

Pero la miraba de una forma… Y con la sombra de barba, la camiseta pegada a aquel torso tan ancho y los abdominales marcados, parecía el póster de un mercenario.

Lilah volvió a tragar saliva, preguntándose a qué esperaba. Dominic estaba a unos metros de ella. Dos pasos y estaría a su lado. Uno más y estaría entre sus brazos…

Después de eso, dejó de imaginar. Porque podría experimentar lo que sería quitarse el sujetador y aplastar sus pechos contra aquel torso tan seductoramente masculino.

Podría sentir sus labios, ardientes y húmedos, mientras deslizaba las manos por su piel mojada. Mientras Dominic acariciaba sus pechos y el interior de sus muslos antes de penetrarla, obligándola a cerrar los ojos y apretar el estómago…

Arquearía la espalda para ponérselo más fácil y acariciaría con los dedos aquella espalda tan ancha…

–El agua está subiendo –dijo Dominic entonces, mirando el arroyo–. Aunque odio decir esto, será mejor que te vistas. Tenemos que irnos.

–¿Qué?

–Que tenemos que irnos, cariño. Mira alrededor. El arroyo está subiendo de nivel por segundos. Veinte minutos más y todo esto habrá quedado bajo el agua.

–¿En serio?

–Tenemos que ir a un sitio más alto. Y tenemos que hacerlo ahora mismo.

–Ah, sí, claro.

De repente, Lilah se dio cuenta de que estaba allí, parada, medio desnuda, comiéndoselo con los ojos.

Haciendo un esfuerzo, se puso la camiseta y los pantalones empapados y buscó la pastilla de jabón, que se le había caído al suelo con los nervios.

—Toma, la he encontrado en tu mochila.

—Ah, gracias.

Lilah miró alrededor entonces. Había oído hablar de las furiosas lluvias tropicales, pero jamás habría imaginado que un paisaje pudiera cambiar tanto en pocos minutos.

—Está subiendo a toda velocidad.

—Ya te lo he dicho. Agárrate a la trabilla de mi pantalón y no te sueltes. Vamos a cruzar el arroyo hacia el otro lado —dijo él, colocándose la mochila a la espalda—. Y no pongas esa cara de susto. No voy a dejar que te pase nada, ya te lo he dicho muchas veces.

—Lo sé.

—Bien. Pero en caso de que necesites un incentivo… si eres buena chica te haré un regalo cuando lleguemos a sitio seguro —sonrió Dominic, con una de esas sonrisas que deberían etiquetarse como «peligrosas para mujeres sensibles».

—¿Ah, sí?

—Te lo prometo.

Se metieron en el arroyo y empezaron a caminar hacia la otra orilla. Aunque la corriente era fuerte, Dominic se mantenía firme como una roca y ella intentaba pisar con fuerza para no perder pie...

Lilah no vio el madero que la golpeó. Un segundo antes estaba mirando la espalda de Dominic, maravillándose de su anchura, y un segundo después algo la golpeó en las rodillas con tal fuerza que tuvo que soltar la travilla del pantalón.

Y luego todo se volvió gris al hundirse bajo el agua, el arroyo cerrándose sobre su cabeza mientras la corriente se la llevaba...

Capítulo Siete

No iban a ser los perros ni el tiempo impredecible, ni los hombres de El Presidente lo que iba a matarlo, pensó Dominic.

No. Iba a ser Lilah, pura y simplemente. Cada vez que se daba la vuelta, aquella mujer hacía algo que le provocaba un pequeño ataque al corazón.

Al notar que había soltado su pantalón, se dio la vuelta para decirle que no desobedeciera… y entonces vio que había desaparecido. Durante lo que le parecieron los segundos más largos de su vida, no vio nada.

Un pánico tan extraño que tardó un momento en identificarlo, se apoderó de él entonces.

«¿Dónde demonios estás, princesa? No te me mueras ahora, cariño. Tenemos muchas cosas que solucionar. Venga, aparece… aparece de una vez».

Como si lo hubiera oído, la cabeza de Lilah asomó a unos diez metros de distancia. Aunque el alivio casi hizo que cayera de rodillas, Dominic se lanzó hacia ella con todas sus fuerzas. Pero cuando estaba a punto de tocarla, la corriente volvió a llevársela.

—¡Lilah!

Corrió hacia ella, empujado por la corriente, agarrándose a los maderos que flotaban sobre el agua, a las ramas de los árboles…

—¡Lilah!

Había desaparecido.

Entonces vio algo por el rabillo del ojo y se volvió a toda velocidad. La vio a unos seis metros, su cabeza como un corcho escapando de una botella. Estaba tosiendo y evidentemente muy asustada.

—¡Agárrate a algo, lo que sea! —le gritó, angustiado.

Lilah giró la cabeza y Dominic vio que movía los labios. Estaba llamándolo, pero con el estruendo de la tormenta no podía oírla. Nadó hacia ella, pero de nuevo desapareció. Nervioso, se metió bajo el agua, apartando todo lo que encontraba a su paso con las manos, buscándola frenéticamente. Tenía que encontrarla, tenía que encontrarla.

Diez segundos después, su mano tocó algo que enseguida reconoció como la curva de su cadera. Un empujón más y lograría tirar hacia arriba de ella. Dominic tiró con todas sus fuerzas y logró que sacara la cabeza para respirar.

En cuanto emergieron del agua, Lilah le echó los brazos al cuello, asustada.

–Dominic…

–Tranquila, tranquila. Agárrate a mí, no pasa nada.

–No podía sacar la cabeza… pero sabía que tú me sacarías, lo sabía.

–No pasa nada, cariño, tranquila –musitó él, acariciando su pelo empapado–. Mira, necesito que hagas algo por mí.

–Lo que tú digas –contestó Lilah, temblorosa.

–Tenemos que salir del agua. Y para hacerlo, tienes que soltarme. Tienes que confiar en mí. Yo no voy a soltarte, Lilah, te lo juro. Pero tú tienes que hacerlo para que pueda sacarte. ¿Podrás hacerlo?

Un segundo de silencio.

–Sí –dijo ella por fin, dejando escapar un suspiro medio de miedo, medio de angustia–. Estoy bien, así que sálvame ya, ¿eh? –intentó sonreír, mientras soltaba su cuello.

Aquella mujer iba a matarlo, seguro.

Pero no en aquel momento. Sin perder un segundo, Dominic la colocó en la posición adecuada para sacarla del agua y empezó a nadar con una mano hasta la orilla. Pero no la soltó cuando estuvieron fuera de peligro.

–Ya estoy bien, Dominic. Puedes soltarme.

Él la miró, sorprendido por tantas contradicciones. Parecía tan frágil y, sin embargo, era una mujer muy decidida, que no le temía a nada.

Había tantas cosas que no sabía de ella. Durante aquel verano hablaron mucho... pero sobre todo hablaron de él. De sus hermanos, de la mala relación que tenía con su padre, de cómo era crecer en cuarteles, de la muerte de su madre, de sus sueños de marcharse de Denver...

Entonces no tenía intenciones de seguir la tradición familiar y alistarse en el ejército. Le parecía muy bien que su padre fuera un héroe de guerra, que Gabe se hubiera alistado en los boinas verdes o que Taggart hubiera servido en Bosnia, pero él quería seguir otro camino.

Entonces había aparecido Lilah y lo único que quería era ir a algún sitio, ser alguien. Y rápido. El ejército, los marines, le pareció la mejor respuesta para eso.

Pero en cuanto a Lilah... ¿qué sabía de ella? Además de que pertenecía a una familia de millonarios y se había educado en los mejores colegios… no mucho. Sabía que había perdido a sus padres en un accidente cuando era niña, que había sido educada por su estricta abuela… que tenía el buen gusto de estar fuera del país en vacaciones y que había tenido la suerte de ser el primer hombre en su vida.

No sabía mucho más. Por mucho que lo intentase, no recordaba haber mantenido una sola conversación sobre ella, sobre sus sueños, sobre lo que quería de la vida. Por supuesto, mirando atrás, eso era debido a que, en su juvenil arrogancia, había asumido que lo único que Lilah deseaba era a él.

—Lo digo en serio, Dominic —insistió Lilah entonces.

—Ah, sí, perdona —sonrió él, sentándose en el suelo y arrastrándola con él—. Tienes razón… o la tendrías si yo quisiera hacerte caso.

—Pero…

—No te preocupes. Pronto te soltaré, princesa. Cuenta con ello.

Había elegido bien las palabras. Tenía que soltarla, tenía que dejarla ir… pero antes de hacerlo… Dominic miró sus labios, sus pestañas empapadas de agua. Y no pudo evitarlo. Inclinó la cabeza y buscó su boca para darle un beso profundo, apasionado.

—Lilah…

—Oh, Nicky… Te he echado tanto de menos.

Sabiendo que nada más que un ataque nuclear, y quizá ni siquiera eso, podría pararlo en aquel momento, Dominic siguió besándola. Y ella respondió, agarrándose a sus poderosos hombros, sabiendo que estando a su lado nadie podría hacerle daño.

Saboreó las caricias de su lengua dejando escapar un gemido… un gemido del que Dominic se hizo eco, apretando su trasero con una mano mientras enterraba la otra en su pelo.

—Nicky…

Estaba perdiendo la cabeza, pensó Lilah. El deseo que sentía por él era cada vez más acuciante. Y, sin embargo, a pesar de la impaciencia, una parte de ella disfrutaba de la anticipación.

Había pasado mucho tiempo desde la última vez que sintió algo así y era gratificante saber que Dominic sentía lo mismo… algo evidente cuando se apartó para buscar aire, sin dejar de apretarla contra su torso.

Y eso era bueno, pensó Lilah. Porque si las últimas semanas le habían mostrado el tiempo que había perdido temiendo arriesgarse en la vida, las últimas veinticuatro horas le habían dejado bien claro que quizá no habría más días, más posibilidades.

—Ya no —murmuró, sin darse cuenta.

—¿Ya no qué? —preguntó Dominic.

—No quiero esperar —contestó ella, acariciando su cara—. Te deseo, Nicky. Ahora.

Dominic inclinó la cabeza y empezó a besar su garganta, el escote rasgado de su camiseta…

—Lilah… ¿lo dices en serio?

—Sí.

Dominic la miró a los ojos durante unos segundos. Y entonces su expresión cambió. Se volvió más duro, más… masculino, si eso era posible.

—Muy bien. Como tú quieras.

En un segundo se levantó para quitarse las botas y los pantalones. Lilah se quedó asombrada ante tal belleza masculina, ante aquel hombre desnudo que estaba de pie delante de ella. Tan asombrada y sobrecogida que no podía respirar.

La tormenta había pasado y el sol había vuelto a salir. Sus rayos se colaban entre las ramas de los árboles, convirtiendo a Dominic en un ser dorado, en un dios pagano.

Tenía el físico de un soldado; largas y musculosas piernas cubiertas de un suave vello oscuro, muslos poderosos, el torso ancho, los abdominales marcados, los pezones pequeños y oscuros.

Lilah miró con simpatía las cicatrices, una en el brazo, otra bajo las costillas… y luego miró el vello oscuro que empezaba en su ombligo y terminaba donde empezaban los calzoncillos.

Con una tranquilidad que, Lilah estaba segura sólo existía en la especie masculina, él dejó que lo mirase, imperturbable.

–¿Lilah?

–¿Sí?

–Respira, cariño. No quiero que te desmayes.

Ella parpadeó, nerviosa.

–Sí, claro.

Había cerrado las piernas sin darse cuenta, con un deseo instintivo de controlar el cosquilleo que sentía entre ellas… hasta que Dominic puso la mano allí.

–Tranquila –dijo en voz baja.

–Pero…

Sin previo aviso, Dominic se inclinó y le quitó el sujetador mientras la besaba en los labios.

«Muy habilidoso», pensó Lilah.

–Eso me gusta…

Estaba acariciándola por todas partes, rozando el triángulo de vello rubio entre sus piernas con los nudillos hasta que ella abrió las piernas sin darse cuenta.

—Eres como de seda –murmuró Dominic con voz ronca.

—Nicky…

—¿Qué?

—Nada… esto –contestó Lilah, tomando su cara entre las manos para buscar sus labios de nuevo.

No podía haber dejado más claro su deseo, pero cuando abrió los ojos la expresión de Dominic era, de nuevo, indescifrable.

¿Y si había metido la pata?, se preguntó. ¿Y si a él no le excitaba verla así?

Después de todo, ya no era la cría que había sido una vez. Tenía diez años más, era una mujer. Una que, por primera vez en su vida, no tenía miedo de pedir lo que quería, se dijo a sí misma.

No estaba dispuesta a dejar que él tomara la iniciativa. Después de todo, había jurado unas horas antes de que no iba a seguir siendo pasiva, contenta con mirar la vida como desde una tribuna, sin participar en ella.

¿Qué podía hacer, dar marcha atrás? ¿Para volver dónde?

No. Lilah se obligó a sí misma a mirarlo sin pestañear.

–Te necesito dentro de mí, te quiero dentro de mí, Dominic.

Durante un segundo, no ocurrió nada. Y luego, de repente, fue como si hubiera lanzado una antorcha a un charco de gasolina. Dominic pareció sobrecogido por un temblor, como si se hubiera encendido de repente.

–Maldita sea, Lilah –murmuró, entre dientes, antes de buscar su boca. Un segundo después se colocó encima y la penetró, empujando con fuerza.

–Oh, sí, sí, sí… No pares, Nicky, no pares.

Agarrándose a sus hombros, Lilah clavó los dedos en ellos y los talones en sus muslos para levantar la pelvis, intentando acercarse más, deseándolo más dentro.

Todo en él la excitaba, la satinada piel bajo los dedos, los músculos marcados, sus embestidas, tan potentes. Le gustaba aquella ferocidad, aquella pérdida de control.

Necesitaba su poder, su fuerza, necesitaba sentir aquel masivo cuerpo masculino empujando dentro de ella. Y necesitaba que Dominic la desease tanto como lo deseaba ella.

–Tranquila –murmuró él sobre sus labios–. Tranquila, cariño, no… ah, sí, sí, no te pares, no te pares.

Luego bajó la cabeza para mordisquear sus

pezones, sin dejar de moverse. El roce de su lengua la hizo estremecer. Eso, combinado con el cambio en el ángulo de la penetración, la llevó al cielo.

–Dominic, oh, Dominic… –Lilah se agarró a él con todas sus fuerzas cuando llegó el momento culminante de satisfacción. Como a lo lejos, lo oyó lanzar un gemido y sintió que se estremecía. Y luego su propio placer la estremeció.

Y todo lo demás dejó de importar.

Capítulo Ocho

Dominic estaba tumbado sobre su mochila, que había logrado localizar antes de que se pusiera el sol. Tenía a Lilah entre sus brazos, completamente agotada, profundamente dormida.

Y tenía derecho a hacerlo, pensó, acariciando su pelo con la barbilla. Incluso para él había sido un día agotador, de modo que era lógico que estuviera exhausta.

Pero de haber estado solo ya habría llegado a Santa Marita. Y entonces podría dormir. Si pudiera dormir dejaría de pensar. Dejaría de preguntarse por qué el roce de su cuerpo, el calor de su aliento, lo mantenía en un perpetuo estado de excitación.

O por qué una parte de él estaba deseando colocarse encima de Lilah y satisfacer ese ansia.

Y tampoco quería pensar en cuando la había sacado del arroyo y había sentido que algo se rompía dentro de él.

Le gustaba Lilah. Y no sólo como mujer. Le gustaba como persona, como ser humano. Desde luego, si contaban las horas que habían pasado juntos no serían nada. Pero cuando uno atravesaba un momento de crisis con alguien se establecía un vínculo difícil de romper. Y Lilah no era, desde luego, la princesa mimada que había creído siempre.

Dominic se movió, incomodo. No era así como debían ir las cosas. En realidad, había pensado que hacer el amor con ella le curaría de aquel deseo loco… pero no fue así.

Había pensado… bueno, no pensado exactamente porque su cerebro no era el órgano que estaba en funcionamiento en ese momento, pero había creído que dejarse llevar por el deseo demostraría, de una vez por todas, que su recuerdo de Lilah Cantrell era exagerado.

Y no había sido así. Todo lo contrario.

Y eso no le gustaba. No le gustaba en absoluto. Sabía lo que su padre y sus hermanos habían sufrido cuando perdieron a su madre. Él sólo tenía nueve años entonces, pero había visto, había sentido, el vacío que su muerte había dejado en la familia. Y supo que nadie podría llenar nunca ese vacío. Y también había aprendido que la mejor manera de no caer en ese horrible vacío era no atarse a nadie. Nunca.

Pero el optimismo de la juventud hizo que olvidara eso… y se enamoró de Lilah. Y ella lo dejó plantado.

Entonces le dolió mucho. Aunque, la verdad, no sabía cuánto de ese dolor era por amor o por orgullo herido.

Daba igual porque, al final, Lilah le había hecho un favor. Como una bofetada, ese rechazo le había devuelto el sentido común y le había hecho pensar en lo que quería hacer de verdad.

Además, en realidad no había pasado nada. Aquello, fuera lo que fuera, no era más que un interludio, un giro en el camino, un atajo para llegar… a ninguna parte. Sacar a Lilah de San Timoteo y devolvérsela a su abuela era su única prioridad.

–¿Dominic?

–Ah, hola. Creí que estabas dormida.

–He estado pensando –murmuró Lilah, bostezando perezosamente–. ¿Cómo vamos a salir de la isla?

–Alguien irá a buscarnos a Santa Marita, pero no lo sabré seguro hasta que lleguemos allí.

–¿Vamos a la capital?

–Por supuesto. El sitio más seguro para esconderse es entre la gente. Además, es el único sitio en el que puedo encontrar una avioneta o un barco que nos saque de aquí… si no conseguimos ayuda.

–¿Una avioneta? ¿Sabes pilotar?

–Sí. Además de los marines, estuve en un cuerpo que se llama Navy Seal. Parte del entrenamiento es aprender a pilotar cualquier cosa que tenga un motor y pueda volar.

–¿En serio? –Lilah parecía incrédula.

–Desde luego que sí. No te preocupes.

–¿Tienes otros… talentos ocultos?

–¿Por qué no te acercas un poco más… y dejas que te lo demuestre? –sonrió él, intentando colocarse encima.

Lilah rió, una risa tan cálida, tan íntima que lo hizo temblar de deseo.

–No, mejor no. Esta vez, mando yo.

Pillándolo por sorpresa, Lilah se colocó sobre él y empezó a rozar la punta de su miembro con la pelvis.

–Li…

Ella estaba deslizándose hacia abajo, despacio, dejando que la penetrara suavemente. Dominic tuvo que hacer un esfuerzo para no gritar al sentir cómo lo apretaba.

«Sí, me va a matar de un ataque al corazón… pero que no me pase ahora».

Se le quedó la mente en blanco cuando Lilah empezó a moverse arriba y abajo, más deprisa, montándolo, deteniéndose un momento para volver a moverse después.

—Li, me estás matando —dijo, con voz ronca.

—Al menos no morirás solo —replicó ella—. Y tendrás que admitir que hay peores formas de morir.

—Sí, desde… luego…

—Sí, sí… sí, así, más fuerte.

El sonido de su voz rompió la concentración de Dominic, que abrió los ojos para mirarla a la luz de la luna. Con los ojos cerrados, se movía arriba y abajo, su pelo alrededor de la cara como una capa dorada. Tenía la frente cubierta de sudor, mientras se movía cada vez más rápido…

No, ya no era la niña que había conocido.

Como un ciego atrapado en un tornado, podía sentir que perdía el control, y se dejó caer… cerró los ojos y cayó en el precipicio de su propio placer. Necesitaba un ancla y levantó las manos para acariciar sus pechos, apretando suavemente sus pezones entre el pulgar y el índice.

El grito de Lilah y las sensaciones que experimentó cuando se dejó caer sobre él casi lo hicieron perder la cabeza.

En una repentina fiebre de deseo, la tomó

por la cintura, sujetándola mientras levantaba las caderas y se movía furiosamente, jadeando. Nada importaba más que derramarse dentro de ella, sintiendo un placer que no había experimentado jamás.

Dominic había terminado de guardar las cosas en la mochila cuando oyó el ruido de un helicóptero sobre sus cabezas.

Mirando al cielo mientras se metía los faldones de la camiseta en el pantalón, por fin vio un brillo plateado sobre las copas de los árboles. Estaba mucho más cerca de lo que había esperado y no tardó en identificarlo: era un Bell Huey con la bandera de San Timoteo pintada en la cola.

–¡Agáchate, Lilah! –le gritó, al ver que se acercaba.

–Pero…

Un segundo después, el pájaro de metal pasaba justo por encima de sus cabezas.

–¿Crees que nos están buscando?

–No. Seguramente será un vuelo de transporte. Para cuando salgamos de aquí, se habrán ido y…

Dominic no terminó la frase al comprobar que el helicóptero regresaba… justo hacia ellos.

¿Pero qué…? Era imposible que los hubieran visto escondidos entre los árboles. Aunque los hombres a bordo llevasen prismáticos, la jungla era demasiado densa. Y estaba seguro de que nadie en tierra estaba tan cerca como para haberlos localizado. Confiaba en su instinto y habría notado una presencia cercana.

De modo que el helicóptero tenía que estar volando con un patrón determinado…

¿Para qué?

Dominic intentó convencerse de que estaba equivocado, pero cuando el helicóptero se alejó de nuevo para volver unos segundos después, sus dudas se desvanecieron.

–¿Vas a decirme lo que pasa, Lilah?

–¿Qué quieres decir?

–Cuando me contaron que El Presidente no hacía más que aumentar la cantidad por tu rescate me pareció raro… él no suele hacer eso. Y luego, cuando llegué aquí, descubrí que, en lugar de la prisión de Santa Marita, estabas en Las Rocas. Algo muy extraño porque sólo llevan allí a presos políticos. Y Condesta no enviaría una flota de helicópteros para buscar a una rehén que le interesa sólo por dinero.

–Sí, bueno…

–¿Quieres contarme qué pasa, Lilah? ¿Tiene que ver con el hombre con el que estabas cuando te detuvieron?

Ella lo miró, sorprendida.

–¿El hombre? ¿Por qué crees que estaba con un hombre?

–Eso es lo que me dijo tu abuela.

–Ah, debía referirse a Diego.

–Sí, supongo que será él –murmuró Dominic, irritado. Aunque no sabía bien por qué.

–Diego es irresistible… para tener doce años –sonrió Lilah.

–¿Es un niño?

–Sí, claro. Yo estaba alojada en casa de sus padres mientras revisaba la solicitud de una escuela de Santa Marita que había pedido ayuda a la Fundación…

–¿Y cómo acabaste en una manisfestación?

–No acabé allí… o no quería hacerlo, al menos. ¿Crees que iría a una manifestación política con un niño?

–No, yo…

–Estábamos dando un paseo y tuvimos que pararnos en la plaza porque no nos dejaban cruzar. Luego las cosas empezaron a complicarse y enseguida apareció la policía. Y, no sé cómo, con todo aquel lío, nos separaron. Vi que un policía se llevaba a Diego e intenté explicarle que él no tenía nada que ver con los que estaban montando la algarada, pero el policía no quiso escucharme. Le dio una bofetada al niño –Lilah cerró los ojos, con gesto de horror– y como yo protesté, me detuvieron. Diego salió corriendo y yo acabé en Las Rocas. Y eso es lo que pasó.

Genial. Diego era una víctima, Lilah una santa y él un idiota. Un idiota celoso, pensó Dominic. Ese descubrimiento no lo puso de mejor humor.

–¿Y el helicóptero? ¿Tienes idea de por qué han enviado un helicóptero del ejército a buscarte?

–¿Te contó mi abuela por qué había venido a San Timoteo?

–Sí, me dijo que habías venido para traer dinero a una escuela o algo así.

Lilah permaneció en silencio durante unos segundos y luego emitió una especie de bufido, mezcla de frustración y resignación.

–Aparentemente, no mencionó que tengo un título en Economía. O que durante los últimos dos años he sido la directora de la Fundación Anson, que tiene un presupuesto de quinientos mil dólares y ahora se dedica a financiar la educación de niños sin recursos en treinta y siete países.

–Pues no… no me contó nada de eso.

Lilah se encogió de hombros.

–Podríamos haber becado la escuela, pero el gobierno de Condesta lo complicó todo. La cuestión era encontrar la forma de ayudar sin que el dinero fuera a ciertos bolsillos. Por eso vine yo misma a San Timoteo. Acababa de lidiar con un problema similar en África, de modo que pensé que podría hacerlo más rápido que cualquier otro ejecutivo.

–¿Y qué pasó?

–Que no pude hacerlo. Condesta quería quedarse con el setenta por ciento del dinero… arguyendo gastos administrativos, es decir su propio bolsillo, y cuando le dije que no habría un céntimo, se puso furioso. Todo ocurrió tan rápido… Pasé directamente de la reunión con Condesta a aquella algarada en la plaza… y luego a la cárcel. Ni siquiera pude llamar a casa para decir que había decidido que el proyecto no merecía la pena.

Todo tenía sentido. Evidentemente, El Presidente estaba decidido a conseguir ese dinero como fuera.

–¿Sabes por qué aumentaba la cantidad cada vez que hablaba con tu abuela?

–¿Eso ha hecho?

–Sí.

–No tengo ni idea. A menos…

–¿A menos que qué?

–Bueno… no sé, quizá siga enfadado por lo de su Mercedes.

–¿Su Mercedes?

Lilah dejó escapar un suspiro.

–Sí. Me lo cargué.

–¿Qué?

–Y me temo que él no se lo tomó nada bien. Al día siguiente me enviaron a Las Rocas…

–Lilah, ¿de qué estás hablando?

–Cuando me detuvieron me llevaron a la prisión de Santa Marita, pero intenté escapar. Supongo que fue por eso por lo que Condesta aumentó la cantidad del rescate. En fin, El Presidente es de los que no toleran protestas y cuando me detuvieron por segunda vez…

–¿Por segunda vez?

–… decidió darme una charla sobre mi comportamiento. Y como se cree un conquistador, y le gustan especialmente las rubias, por lo visto, me dio el mensaje mientras intentaba impresionarme con un paseo por el puerto. Me enseñó su yate y sus motoras… ah, y su nuevo y flamante hidroavión. No parece darse cuenta de que, siendo un país donde hay gente que no tiene para comer, yo encontraría todas esas cosas menos que ejemplares.

—¿Qué ocurrió después? —preguntó Dominic, atónito.

—Cuando llegamos de vuelta a la prisión de Santa Marita, su chófer salió para ayudar a Su Excelencia a salir del Mercedes y yo... en fin, perdí la cabeza.

—Me da miedo preguntar —murmuró Dominic.

—Bueno, lo único que hice fue colocarme en el asiento del conductor a toda velocidad y salir pitando. Conseguí saltarme las barreras y atravesar la puerta de entrada de la prisión. El Mercedes era nuevo, así que casi no le hice ningún arañazo. Pero luego salí a la carretera y había una mujer en bicicleta... cuando giré para no atropellarla perdí el control... y ése fue el final del Mercedes.

Dominic la miraba, incrédulo.

—Lilah...

—Sí, bueno, ya lo sé. Fue una estupidez por mi parte. Pero pensé que...

—¿No crees que deberías haberme contado todo eso antes?

—Lo intenté. Cuando me preguntaste por los hematomas en Las Rocas, ¿recuerdas? Iba a contártelo, pero...

«Pero yo te interrumpí».

–Lo siento mucho, de verdad. Debería haberte escuchado.

–No, lo entiendo. Entonces yo no sabía que fuera algo tan importante. De haberlo sabido habría insistido en contártelo. Además, la verdad es que me daba un poco de vergüenza.

–¿Por qué?

–Para entonces me había dado cuenta de que, aunque hubiera logrado salir de allí, no tenía forma de huir del país y… además, no habría llegado muy lejos porque el Mercedes de El Presidente llevaba una banderita de San Timoteo ondeando en la antena –Lilah intentó sonreír–. Tengo la impresión de que me habrían localizado enseguida.

Quizá fue la sonrisa nerviosa o el brillo de sus ojos… pero Dominic se dio cuenta de que había estado engañándose a sí mismo. Aquella mujer le gustaba más que ninguna otra.

Muy bien, él no veía un futuro para los dos. Sencillamente, no era la clase de hombre que está deseando sentar la cabeza. Pero tampoco era un boy scout. Y en cuanto a Lilah, con su precioso pelo y su preciosa risa y su inesperada valentía, las posibilidades de que pudiera no tocarla hasta que volvieran a Denver eran cada vez más escasas.

Así que lo mejor sería dejar de engañarse a sí mismo y, sencillamente, disfrutar del tiempo que estuvieran juntos. Después de todo, no iba a entregarle su corazón.

Y si todo iba como había planeado, estarían lejos de San Timoteo al día siguiente.

Capítulo Nueve

—No tardaré mucho —dijo Dominic, tomándola por los hombros—. Espérame aquí y escóndete si oyes algo. Volveré enseguida, ¿de acuerdo?

Lilah lo miró a los ojos. Después de caminar durante horas, estaban en una loma, medio escondidos por la maleza, que era a la vez una suerte y una maldición.

A medio kilómetro de allí, aunque no podían verlas, había un grupo de casuchas, según Dominic. Aquel pueblecito era el único sitio civilizado que habían visto desde que escaparon de Las Rocas. Y, según él, estaba seguro de que allí encontraría algún medio de transporte.

—¿De acuerdo? —repitió.

—No, no estoy de acuerdo —contestó Lilah—. ¿Y si te pasa algo?

—No me va a pasar nada.

—¿Pero y si pasa? —insistió ella—. No puedes robar un coche y esperar que nadie se dé cuenta.

–No voy a robar nada –le prometió Dominic, impaciente–. Voy a comprar un medio de transporte con dinero americano... y seguramente me cobrarán diez veces su precio normal, por cierto. Eso hará feliz al vendedor y, además, evitará que vaya contándolo por ahí... Y aunque hablase alguno de los vecinos, para entonces ya estaremos muy lejos. Confía en mí. Todo va a salir bien.

Sabiendo que no estaba siendo del todo razonable, pero incapaz de contenerse, Lilah insistió:

–¿Pero y si no sale bien?

–Si no he vuelto a mediodía, saca todo lo que no sea absolutamente necesario de la mochila y sigue la carretera hasta Santa Marita. Sólo estamos a unos cincuenta kilómetros. Sé que parece mucho, pero una vez allí...

–Dominic, por favor, para.

–¿Qué?

–No pienso irme sin ti. Así que dime qué puedo hacer para ayudarte si hay algún problema.

–¿Irías a buscarme?

–Por supuesto.

Él la miró a los ojos, sorprendido de nuevo. Lilah no dejaba de sorprenderlo.

–Pero no va a pasar nada, así que no tendrás que hacerlo.

–Maldita sea…

–Escúchame, Lilah. ¿Podrías cortarle el cuello a un hombre? ¿Podrías pegarle un tiro a un policía, una persona cuyo único crimen es tener que trabajar para alimentar a su familia? ¿Podrías hacerlo?

–Yo…

–Sí, es lo que me imaginaba –sonrió él–. La cuestión es que si pasa algo tú no podrás hacer nada… y si intentas ayudarme, El Presidente tendrá dos rehenes en lugar de uno. Ese hombre tiene fama de ser muy cruel y te aseguro que ha sido blando contigo.

–Pero…

–Y si crees que voy a quedarme de brazos cruzados mientras él o alguno de sus hombres te hace daño… no, eso no va a pasar, Lilah. Así que lo mejor es que si no vuelvo a mediodía, sigas la carretera hasta Santa Marita y llames al número que te di antes. La persona que conteste le dará el mensaje a Gabe y él se encargará de todo a partir de ese momento. ¿De acuerdo?

Lilah asintió, aunque no estaba de acuerdo en absoluto.

–Muy bien.

–Buena chica.

–¿Qué me has llamado?

–Perdón, perdón… Imagina que he dicho

«eres una mujer admirable», por ejemplo –rió Dominic–. O una adulta asombrosa.

–¿Una adulta asombrosa? Eres tonto –rió ella a su vez.

–Oye, que eres tú la que se ha quejado.

Dominic se inclinó entonces para darle un beso en los labios y Lilah no se resistió. Todo lo contrario. Quería que aquel beso no terminara nunca, quería tener el valor de decirle cuánto le importaba.

Como si se hubiera dado cuenta de que la ternura estaba a punto de abrumarla, Dominic tomó su cara entre las manos y la miró a los ojos.

–Es mejor que me vaya. Mientras pueda hacerlo.

Antes de que ella pudiera decir nada dio un paso atrás y, en un segundo, su tierno amante desapareció, reemplazado por un guerrero, los ojos verdes oscurecidos, los labios apretados, la expresión decidida.

–Sé buena, princesa.

Lilah se quedó mirando mientras desaparecía entre los árboles. La enormidad de lo que sentía por él dejándose ver por primera vez.

«Estoy enamorada».

Estaba enamorada de Dominic. Era tan evidente que casi tenía gracia que hubiese tardado tanto en darse cuenta. Su única excusa era que habían pasado tantas cosas en tan poco tiempo que debía estar distraída.

Pero ahora entendía el miedo que le daba perderlo.

Y si no era así, si lograba volver con un coche llegarían a Santa Marita en unas horas… ¿y luego qué?

No se le había escapado que, aunque Dominic la deseaba físicamente, no le había dicho una sola palabra de amor. Y tampoco había dicho nada que sugiriese un futuro con ella.

Y aunque tampoco ella lo había hecho, no era lo mismo. No había dicho nada por miedo. Temía que si le decía que quería estar con él, que quería retomar lo que habían dejado diez años atrás, Dominic contestaría que él no sentía lo mismo.

«Estupendo, Lilah. Pensé que habías dejado de ser una cobarde. ¿No fue por miedo al rechazo por lo que cortaste con él hace diez años? ¿Y no lo has lamentado desde entonces?».

Lilah cerró los ojos, intentando llevar aire a sus pulmones mientras recordaba lo que había sentido aquel verano…

***

Faltaba una semana para que volviese a la universidad, en California. Dominic y ella habían estado unas horas en la piscina, tomando el sol y deslizándose por el agua, riendo y besándose, compitiendo para ver quién de los dos aguantaba más tiempo sin tocar al otro.

Pero escondido bajo esos coqueteos, había una sensación de desesperación. Ella nunca había estado enamorada antes. Nunca había hecho el amor con ningún chico. Dominic había sido el primero… y nunca había deseado que alguien la deseara tanto como él. Pero la intensidad de sus sentimientos la asustaba un poco.

Había crecido oyendo las advertencias de su abuela contra la pasión y lo que ocurría cuando alguien se dejaba llevar por ella… y ahora estaba haciendo exactamente eso, dejarse llevar, sin pensar. En unos días, tendría que irse de Denver y o Dominic lo había olvidado o no le importaba.

Había intentado sacar el tema aquella tarde, pero él cambiaba de conversación con una broma o un beso y Lilah se sentía herida y confusa.

–Me marcho el martes –encontró valor para decir, cuando empezaba a hacerse de noche.

–Sí, bueno, tengo la impresión de que cuando vuelva tu abuela no hará falta que yo te lleve al aeropuerto –sonrió Dominic.

Esas palabras fueron como un puñal en su corazón.

–Puedo volver a Denver para Acción de Gracias –murmuró, sin mirarlo.

–No tienes que hacerme ningún favor. Además, ni siquiera sé si estaré aquí –contestó él.

–¿Qué? ¿Por qué dices eso... dónde piensas ir?

–Aún no lo he decidido. Pero me han echado del taller, así que soy libre para hacer lo que quiera o ir donde me apetezca.

La noticia de que había perdido uno de sus tres trabajos era nueva para Lilah, pero que él no se lo hubiera contado hasta entonces parecía indicar claramente que estaba empezando a alejarse de ella.

–Yo tengo dinero –dijo, sin pensar–. Si quieres estudiar en la universidad, yo puedo pagar la matrícula. O mejor, podrías venirte a California y estudiar allí. No creo que tenga dinero para pagar la matricula en Stanford, pero tiene que haber universidades públicas mucho más baratas. Podríamos buscar un apartamento en el campus...

–¿Y qué sería eso? –la interrumpió Dominic–. ¿Un préstamo? ¿Algo que te devolvería acostándome contigo?

–¡No, claro que no!

–Entonces me estarías regalando el dinero… porque yo no puedo pagarlo, Lilah. Sería como un juego para ti… ah, claro, además seguro que podrías descontarte ese dinero en la declaración de la renta.

Ella lo miró, incrédula. ¿Por qué decía eso? ¿Por qué se portaba con esa frialdad?

–Mira, perdona, siento haberte ofendido. Sólo intentaba ayudar.

–No necesito tu ayuda –replicó él–. Y desde luego no necesito tu dinero.

–Sí, eso lo has dejado bien claro.

Y entonces, como Dominic parecía absolutamente seguro de sí mismo mientras ella estaba a punto de llorar, y porque desearía desesperadamente darle la vuelta al reloj, Lilah apartó de sí lo que más deseaba:

–Creo que, en estas circunstancias, lo mejor es que te vayas.

Él apartó la cara como si lo hubiera golpeado y, durante un segundo, Lilah pensó que quizá no estaba tan seguro de sí mismo como quería aparentar. Pero entonces la miró con una expresión de total indiferencia.

–Tú te lo pierdes, princesa.

Y después de decir eso, se alejó de su casa y de su vida.

Y Lilah se quedó allí parada, sin saber qué hacer. Y lo dejó ir.

El sonido del motor de un coche interrumpió sus pensamientos. Lilah aguzó el oído mientras, con cuidado, se abría paso entre la maleza para ver la carretera.

Un viejo camión que soltaba un humo negro y apestoso se acercaba, la carrocería tan oxidada que era imposible saber de qué color había sido una vez. Un antebrazo moreno apareció por la ventanilla y, un segundo después, el hermoso rostro de Dominic, con una sonrisa en los labios.

–Bueno. ¿Subes o qué?

No le había pasado nada. Estaba a salvo.

–Enseguida –sonrió Lilah, volviéndose para tomar la mochila.

Podía haberlo amado cuando era una cría, pensó, pero entonces era joven y había muchas cosas de sí misma que no entendía. Lo que sentía entonces no se parecía en nada… no era tan profundo como lo que sentía en aquel momento por Dominic Steele.

El destino, o lo que fuera, le había dado una segunda oportunidad. Si las cosas no salían bien esta vez no sería porque no le hubiera abierto su corazón y compartido con él sus sentimientos. Cuando llegase el momento, cuando lo que había en su corazón no representara un problema para su seguridad y estuvieran a salvo, le diría la verdad.

Hasta entonces… Dominic estaba a salvo y seguían juntos.

Y, por el momento, era suficiente.

Capítulo Diez

Los edificios de color pastel de Santa Marita empezaban a volverse plateados bajo la luz de la luna cuando por fin llegaron a la capital.

Aunque «llegar» era un término relativo considerando a la velocidad que se movía aquel viejo camión, pensó Dominic, irónico.

Habían sido cincuenta kilómetros interminables. El radiador estaba recalentado, se habían roto dos veces las correas del ventilador, se les pinchó una rueda…

Y la carretera era tan estrecha que cuando se cruzaban con otro vehículo uno de los dos tenía que dar marcha atrás… en fin, que no habían llegado a Santa Marita, se habían «arrastrado» hasta allí como gusanos. Pero allí estaban.

Al día siguiente había mercado en la ciudad, de modo que en el último tramo se habían encontrado con mucho tráfico. Desde luego, era una jornada que Dominic no tenía ninguna intención de repetir. Nunca.

Lo único bueno era que Lilah por fin había podido dormir un poco. Y se lo merecía. Era una buena compañera de fatigas, sin entrenamiento ninguno, además. No se había quejado de nada, ni del calor, ni de la falta de comida, de nada.

Incapaz de contenerse, aunque sin querer, Dominic acarició su cara y ella, medio dormida, tomó su mano y la colocó entre sus pechos.

Sonriendo, pensó que incluso dormida lo llevaba a su corazón. Una pena que apenas tuvieran tiempo…

Dominic dejó de sonreír y recuperó su mano, nervioso. Sería mejor no pensar tonterías. Suspirando, se caló el sombrero que el campesino le había vendido junto con el camión, diciéndose a sí mismo que debía recuperar la calma.

Aunque no despegaba el ojo de la carretera mientras buscaba la cantina en la que se había alojado antes de ir a Las Rocas, tampoco dejaba de pensar en Lilah… y en él.

No le gustaba admitirlo, pero sentía cierta melancolía. Y aunque sabía que era lo normal al final de un trabajo, no podía librarse de ella.

Seguramente era una cuestión de estrés. O por haber vuelto a encontrarse con Lilah después de tantos años. O la lógica preocupación que debía sentir por una cliente a la que debía sacar de San Timoteo como fuera...

«Sí, seguro. También podrías ser sincero contigo mismo y admitir que el sexo es mil veces mejor que hace diez años... mejor que nunca en tu vida, pero también lo es la compañía».

Y estaba a punto de despedirse de ambas cosas.

Dominic soltó una palabrota en voz baja. Lilah y él seguían perteneciendo a mundos diferentes. Y aunque la diferencia entre ellos podría haberse hecho menor con los años, él seguía sin ser un hombre de los que creen en finales felices. Aunque, por primera vez en su vida, la idea no le parecía absolutamente insoportable.

Pero eso no iba a pasar. Porque si la experiencia le había enseñado algo era que siempre era un error anticipar el final de un trabajo. Aquél era normalmente el momento de más peligro. Uno estaba cansado y la idea del inmimente éxito hacía que bajases la guardia.

De modo que hasta que Lilah estuviera a salvo en Estados Unidos o en algún otro sitio tenía que permanecer concentrado en el trabajo. Ya habría tiempo para pensar... en otras cosas.

Unos minutos después, Dominic vio el cartel de neón de un bar de carretera. Saludándolo con la mano, siguió adelante hasta que salieron de la ciudad. El asfalto dio paso a otro camino de tierra y, sin farolas, de nuevo estaban completamente a oscuras. Por fortuna, las luces del camión funcionaban o la policía los habría detenido.

Pronto pasaron delante de un almacén y de un grupo de apartamentos. Y enseguida, allí, delante, estaba su objetivo: un edificio de adobe con un patio lleno de luces de colores. Una flotilla de coches y camiones tan viejos como el que conducía estaban delante del edificio, aparcados.

Podía oír una mezcla de música caribeña y risas. Pisando el freno, Dominic buscó un sitio para aparcar en la parte de atrás que, afortunadamente, estaba medio escondida bajo un enorme jacarandá.

—Lilah, despierta. Ya hemos llegado.

Por un momento, ella no contestó. Luego abrió los ojos y miró alrededor.

—¿Qué hora es?

—Las nueve.

—Ah, pensé que sería más tarde —murmuró ella—. ¿Dónde estamos?

—En una cantina, El Gato.

—Ah, muy bien. ¿Y qué hacemos aquí?

—Estamos aquí porque la cantina está siempre llena de gente y hay dos teléfonos públicos que funcionan. Es el sitio perfecto para hacer una llamada sin que nadie se fije en nosotros.

—Ah. Muy bien. Espera, voy a ponerme las sandalias…

—No.

—¿Perdona?

—No puedes bajar del camión.

—¿Por qué?

—La gente te miraría. ¿Cuántas rubias de ojos azules crees que vienen por aquí?

—Si no puedo entrar, ¿para qué me has despertado?

Dominic se encogió de hombros.

—Porque el camión no se puede cerrar y tienes que estar alerta. No pienso irme de aquí y dejarte indefensa.

—Ah, de acuerdo. Gracias.

—Ya me lo pagarás después —sonrió Dominic, dándole la pistola—. No la sueltes. Y agáchate, no quiero que te vea nadie —añadió, poniéndole el sombrero—. Tu pelo se ve hasta en la oscuridad.

—¿Cuánto vas a tardar?

—Diez minutos como máximo. Si alguien se acerca demasiado… dispara sin dudar.

Dominic saltó luego del camión y desapareció en la cantina.

–Esto es… el cielo –murmuró Lilah, estirándose lánguidamente en el pequeño cobertizo que había detrás de la cantina y que hacía las veces de «suite».

Dominic la miró, sacudiendo la cabeza.

–Debe ser el calor, se te ha subido a la cabeza. No hay baño, el colchón no tiene muelles, no hay sábanas, ni electricidad…

–Sí, bueno, es verdad –sonrió ella, tumbándose de lado–. Supongo que he aprendido a apreciar las cosas pequeñas.

–¿Ah, sí? ¿Qué cosas?

–Bajar de ese horrible camión apestoso y poder dormir tumbada… sin piedras ni bichos. Ah, y comer caliente. Eso ha sido maravilloso.

No añadió que lo mejor de todo era que tenían toda una noche para los dos. Gracias a una tormenta que había pasado por encima de Santa Marita y ahora se dirigía hacia el norte, tendrían que estar allí al menos veinticuatro horas más. Y aunque eso podría cambiar después de que Dominic hablase de nuevo con su hermano por la mañana, por ahora estaban solos. Y como sabía que pronto tendrían que separarse, Lilah se sentía feliz.

–Acepto lo de la comida y lo del camión, pero yo no estaría tan seguro sobre los bichos –le advirtió él, mientras se lavaba la cara con el agua de una palangana.

–Pero puedo mirarte a la luz de las velas –sonrió ella.

Dominic dejó de secarse la cara con la toalla que el propietario de El Gato le había dado, previo pago y sin hacer preguntas.

–Eso suena como una invitación, princesa.

–No te hace falta ninguna. Mi puerta siempre está abierta para ti.

–Qué suerte tengo –sonrió Dominic, sentándose a su lado–. ¿Qué pasa con las niñas ricas? Siempre lleváis demasiada ropa –dijo entonces, levantando la camiseta para acariciar sus pechos.

Lilah enredó los brazos alrededor de su cuello y Dominic soltó una carcajada.

–Espera un poco… quiero mirarte yo también. Especialmente ahora, con las mejillas rojas y los ojos brillantes… preparada para mí. Eres tan suave, tan preciosa… –mientras hablaba, la tocaba por todas partes. Por todas partes.

–Te veo utilizando esposas en tu futuro –bromeó Lilah.

–¿Ah, sí? Ten cuidado con lo que sueñas, princesa, puede que se haga realidad, ya sabes.

Y así, de repente, Lilah lo imaginó atado a la cama... no a aquella cama sino otra, más ancha, más suave, más limpia. Toda esa piel dorada, esos músculos desnudos ante sus ojos, esperando que lo explorase...

Habría velas y ella llevaría algo transparente e increíblemente sexy. Se imaginó a sí misma subiendo al colchón, colocándose encima de él, con una pierna a cada lado, y dándole a probar su propia medicina. Besaría su cara, su cuello, lamería su torso hasta llegar al ombligo...

Entonces, de repente, sintió la cara de Dominic entre sus piernas.

–Oh, no.

–Oh, sí –la corrigió él, rozando su barba contra la sensible piel. El contraste con su pelo húmedo rozando el interior de sus muslos hizo que Lilah sintiera un escalofrío.

Pero no tan profundo como el que sintió después.

Mientras abría la boca para buscar aire, Dominic deslizó una mano por sus rubios rizos, buscando el escondido clítoris. Firmemente, con sabiduría, empezó a acariciarlo exactamente como ella quería, como a ella le gustaba. Cuando levantó las caderas, él empezó a acariciarla con la lengua...

Lilah cerró los ojos cuando el orgasmo la hizo estremecer, murmurando su nombre...

Y luego, como en un sueño, Dominic se colocó sobre ella y la penetró, de nuevo dándole lo que quería, lo que necesitaba.

Empezó a moverse, despacio al principio para hacerla perder la cabeza. De nuevo buscó sus manos, esta vez para enredar los dedos con los suyos como si sintiera la misma sed de proximidad que ella.

Inclinando la cabeza, la besó en los labios, con la boca abierta, un beso tan apasionado que Lilah tuvo que cerrar los ojos de nuevo. Levantaba las caderas para recibirlo mejor, para empujarlo hacia ella sin dejar de besarlo.

Luego, Dominic la tomó por la cintura para levantarla como si no pesara nada. El movimiento hizo que la penetración fuese más profunda, el masculino hueso pélvico golpeando contra el suyo.

De nuevo, la dulce satisfacción llegó antes para ella. Y, sin darse cuenta, Lilah dejó escapar un sollozo.

–Dominic, Dominic…

No podía parar. No quería hacerlo. Mientras llegaba al orgasmo se apretaba contra él, sus pechos aplastándose contra el torso masculino.

–No, aún no… espera. No estoy listo todavía, cariño. No quiero que termine… aún no.

Pero era como intentar detener la marea. Su orgasmo lo llevó con ella. Perdido el control por completo, Dominic empujó con fuerza mientras las olas de placer los envolvían a los dos y todo su cuerpo se veía sacudido por espasmos.

–Maldita sea –musitó, con los dientes apretados cuando por fin cayó sobre ella–. Lo siento, princesa. Quería que durase un poco más.

–No pasa nada –contestó Lilah–. Ha sido perfecto.

Tardaron un rato, pero poco a poco empezaron a relajarse, la tensión del día desapareciendo hasta que Dominic cerró los ojos.

Cuando las velas se apagaron, estaba profundamente dormido. Pero Lilah no lo soltó, acariciando su pelo, su corazón lleno de ternura mientras recibía el peso de su cuerpo, sin importarle que apenas pudiera respirar. Habría dejado de respirar gustosamente si pudiese abrazarlo así para siempre.

Porque durante aquellas horas, era completamente suyo.

Y ella era suya del todo.

Capítulo Once

–No puedes decirlo en serio –Lilah se volvió dentro de la cabina del camión para mirarlo–. ¿Vamos al palacio de El Presidente para que tú puedas robar una avioneta? ¿Ése es el plan?

Dominic sintió los ojos azules clavados en él y se volvió un momento para mirarla. Un momento demasiado largo porque el sonido de un claxon lo hizo volver a concentrarse en la carretera.

–Es lo único que podemos hacer.

–¡Pero eso es una locura!

–¿No tuvimos una conversación parecida en Las Rocas?

–No lo sé...

–Sí la tuvimos. ¿Y qué te dije?

Lilah dejó escapar un suspiro.

–Que confiara en ti. Que no actuabas de forma impetuosa...

–¿Y?

–¡De acuerdo! Que eres un profesional y sabes lo que haces.

–Pues sí. Y no ha cambiado nada.

«Eso no es verdad ¿A quién quieres engañar, Steele? Gracias a Lilah nada, incluyéndote a ti mismo, es igual que hace unos días».

Irritado por ese pensamiento, decidió que no era el momento de meditar sobre su vida personal.

–Esto no está abierto a debate, princesa. No después de lo que ha pasado en la cantina.

Sólo pensar en ello lo ponía de mal humor.

Había dormido como un tronco y despertó mucho más tarde de lo que esperaba, casi a las nueve. Irritado, se había vestido a toda prisa, dejando a Lilah dormida en el cobertizo, y había ido a la taberna para tomar un café y llamar a Gabe.

Las noticias de su hermano no habían sido buenas. Seguía habiendo tormenta al norte del país y era mucho más fuerte de lo que nadie había esperado. Todos los helicópteros que habrían podido alquilar para sacarlos de Santa Marita a toda prisa estaban siendo usados por los guardacostas para ayudar a aquéllos que habían perdido sus casas o estaban a punto de ser barridos por las inundaciones.

Y por lo que había dicho la gente de la cantina, había más policía de lo normal en el aeropuerto, parando a todo el mundo, patrullando por los hangares y entrevistando a todo el que pasaba por la terminal.

–Así que no vamos a poder sacaros de allí –había dicho Gabe.

–¿No me digas? –había murmurado Dominic, irónico. Muy bien, tendría que echar mano del plan B. o el Z–. ¿Tienes la información que te pedí?

–Sí, es un De Havilland nuevo –había contestado su hermano–. Nuestro amigo Condesta lo compró hace un mes, así que no creo que tenga muchas millas de vuelo.

–Ya.

Dominic había visto por el rabillo del ojo que un coche negro paraba delante de la cantina. Un coche negro con la insignia de la policía privada de Condesta.

–¿Vas a hacerlo? –le había preguntado Gabe.

–Lo estoy pensando.

–Creo que es lo mejor si la situación se deteriora. Una vez en el aire es fácil llegar a Puerto Castillo. Por si acaso, reservaré dos habitaciones en el Royal Meridian.

–Hazlo –había murmurado Dominic. Fuera, dos policías estaban saliendo del coche en ese momento–. Tengo que colgar. Parece que tenemos compañía.

–Muy bien. Llámame en cuanto puedas. Y ten cuidado.

–Lo tendré.

Después de colgar, Dominic se había acercado al propietario de la cantina para recordarle que le había pagado el triple para que «olvidase» la presencia de Lilah si alguien preguntaba.

Luego, rezando para que aquélla fuese una visita rutinaria y para que la avaricia del propietario fuese mayor que su lealtad a la policía... y para que Lilah no apareciera por allí para tomar un café, se había echado por encima la botella de cerveza que había dejado sobre el teléfono y se había dejado caer sobre una de las sillas, como si fuera uno de los borrachos habituales.

Después de charlar un rato con el propietario y hacer algunas preguntas a los clientes que no estaban bebidos, los dos policías habían salido de la cantina sin apenas fijarse en él.

Dominic había apretado los labios, preocupado. Porque los hombres habían preguntado, entre otras cosas, si alguien había visto a una gringa rubia.

Si los hombres de Condesta estaban buscando a Lilah en la ciudad, era el momento de largarse.

–Dominic, perdona –dijo Lilah entonces, devolviéndolo al presente–. No quería cuestionar tu competencia. En serio, confío en ti. Es que… no sé, me parece muy contradictorio. Es como intentar evitar a un tigre entrando en su jaula.

–Condesta no es un tigre, Lilah. Más bien una serpiente. O un sapo. Y no muy listo, además. No esperará esto en absoluto.

–Sí, en fin, espero que tengas razón.

A pesar de su bravura, a Dominic no le pasó desapercibido el temblor en su voz.

No quería que tuviese miedo y odiaba al responsable de todo aquello. Odiaba a Condesta por haber puesto a Lilah en aquella absurda situación. Y odiaba la lentitud de los diplomáticos internacionales, que impedía que los ciudadanos de San Timoteo pudieran librarse de un dictador como aquél.

–Mira, me da igual que se crea el rey de la jungla. No te preocupes, no voy a hacer ninguna locura… como lanzar el camión contra la puerta del palacio, por ejemplo. Yo nunca haría eso.

–Eso no tiene gracia.

–Pues yo creo que sí la tiene –sonrió Dominic–. La verdad es que fuiste muy valiente. Pero si vuelves a hacer algo parecido yo mismo te meteré en la cárcel.

Lilah tuvo que sonreír.

–Gracias.

–De nada. Y ahora, escucha, voy a decirte lo que vamos a hacer.

Como Dominic había dicho, llegar al palacio presidencial fue ridículamente fácil.

Vestida como el resto de los empleados, con una falda negra y una blusa blanca, a la que había añadido un pañuelo oscuro en el pelo para disimular, Lilah se concentró en mantener los ojos bajos mientras seguía a una tropa de criadas, mecánicos y jardineros hacia la entrada del recinto.

Pero sólo tuvo que levantar la mirada un momento para ver a Dominic delante de ella con otros hombres. También él llevaba el uniforme, en su caso una camisa blanca y un pantalón negro con sandalias. Iba con los hombros caídos y la cabeza un poco inclinada, en un gesto servil para no llamar la atención.

Su presencia la tranquilizaba. Aún seguía sin creer que hubiera entrado en el dormitorio donde vivían los empleados para robar dos uniformes. Desde luego, no hablaba en broma cuando había dicho que había estudiado el mapa del edificio presidencial antes de llegar a San Timoteo. En fin, había hecho los deberes y quizá gracias a eso podrían salir vivos de allí.

Y no tenía duda de que Dominic sería capaz de encargarse de todo.

Pero no hubo necesidad de heroísmos mientras atravesaban la verja y entraban en la residencia. Aunque habían recibido miradas de curiosidad de los otros trabajadores, nadie parecía inclinado a llamarles la atención. Además, los guardias que estaban en la garita parecían más interesados en comprobar que los trabajadores que habían terminado el primer turno no se llevasen nada que en comprobar quién entraba.

El grupo siguió por un camino de gravilla, separado del edificio principal por unos arbustos de casi dos metros. Sin duda, para no estropearle el paisaje a El Presidente.

Por lo que había visto durante su breve contacto con Condesta, el tirano de San Timoteo prefería no rozarse con la «gente común». Su estilo era dirigir el país, y robar todo lo posible, desde arriba. Desde muy arriba.

Después de un mes en San Timoteo, Lilah

conocía bien el contraste entre aquel lujoso edificio y el resto de la isla. Allí no había niños descalzos, ni madres hambrientas en las esquinas, ni hombres en paro intentando buscarse la vida como fuera... o bebiendo para olvidar las penas.

No, el palacio en el que vivía Condesta estaba rodeado de jardines bien cuidados, llenos de flores y de elegantes edificios de estilo colonial, con una vista maravillosa de la bahía de Santa Marita.

Pero no era el espectacular paisaje lo que la hizo mirar a la derecha. Allí, a doscientos metros, estaba el yate de Condesta. Y dentro del hangar, el hidroavión que Dominic pensaba robar.

Con el corazón acelerado, Lilah volvió a mirarse los pies, rezando para que nadie notara su turbación.

Delante de ella el grupo de trabajadores se detuvo mientras entraban en el patio que daba entrada al palacio. La mayoría entró en el edificio, pero unos cuantos, incluidos Dominic y Lilah, atravesaron el patio y pasaron bajo un arco de piedra.

Allí el camino se dividía en varios otros que, según Dominic, llevaban a la lavandería, el invernadero y el puerto. Lilah frenó el paso para quedarse un poco atrás, fingió tropezar y luego se inclinó para atarse la sandalia. Cuando se incorporó, los otros habían desaparecido, incluido Dominic.

–Buen trabajo, princesa –oyó su voz tras ella enseguida.

–Gracias a Dios.

–Lo estás haciendo muy bien. Unos minutos más y todo esto habrá terminado.

–Lo sé –sonrió ella.

–Venga, vamos. Ya sabes lo que tienes que hacer.

–Sí.

Dominic tomó su mano y la metió entre los arbustos, como si fueran dos amantes intentando esconderse. Como habían esperado, enseguida oyeron pasos y él, a toda prisa, la apoyó contra un árbol para besarla.

–¡Eh, vosotros! ¡Dejad de hacer tonterías y poneos a trabajar ahora mismo!

–Sí, señor, perdone –se disculpó Dominic.

Con la cabeza inclinada, tomó a Lilah por los hombros y volvió al camino. Ninguno de los dos dijo una palabra hasta que el guardia desapareció.

–¿Estás bien?

–Sí, claro que sí.

–Estupendo.

Dominic miró hacia el muelle, a unos cien metros de allí. En él había un edificio donde debía estar el hidroavión De Havilland. Era un edificio cuadrado impresionante, de techos altísimos, una especie de hangar... pero él sabía que estaba abierto al mar por uno de los lados. Para llegar hasta él había que subir por una rampa y atravesar el aparcamiento, a cielo abierto.

Frente a ellos había una puerta enorme por la que podía pasar la comitiva de Condesta, pero sabía que había otra más pequeña para el personal.

La buena noticia era que la puerta estaba abierta. La mala noticia, que para llegar a ella tenían que atravesar el aparcamiento sin que nadie los viera.

Y aunque su presencia podría no llamar la atención, la de Lilah sin duda lo haría.

–Una pena que Condesta no tenga un helicóptero por aquí –murmuró, irónico, sacando la pistola del bolsillo.

Ella la miró, nerviosa.

–Venga, vamos. ¿Estás lista?

–Sí.

–Camina tranquilamente y actúa como si tuvieras todo el derecho del mundo a estar aquí.

–Lo haré.

—Otra cosa, Li.

—¿Sí?

—Intenta cambiar de cara. Parece que tu perro acaba de morirse, cariño. Y eso estropea la ilusión de que somos dos trabajadores normales y corrientes.

Lilah lo miró, atónita. Aunque era absolutamente serio sobre lo que estaba haciendo, en cierto modo parecía estar disfrutando como un niño. Y ella nunca había sido capaz de resistir a Dominic cuando estaba de buen humor.

—Eres un lunático, ¿lo sabías?

—Sí. Venga, vamos. Y tranquila, nadie se fijará en nosotros si lo hacemos bien.

Atravesaron el aparcamiento con cierta tranquilidad y cuando llegaron al muelle vieron tres motoras, dos barcos de pesca y un yate de lujo. Y dentro del hangar, el brillante hidroavión que iban a robar... con un poco de suerte.

De repente oyeron voces muy cerca y Dominic la empujó para ocultarse entre unos cubos de basura.

—No te muevas —le dijo en voz baja.

—Pero...

—Y no hagas preguntas.

Él desapareció, pero volvió unos segundos después.

–No es nada. Trabajadores del puerto echando una partida, nada más.

–Menos mal.

–Espera aquí y corre hacia el hangar cuando te haga una señal. ¿Ves la puerta?

–Sí.

–¿Ves el hidroavión?

Lilah levantó una ceja.

–¿Crees que soy ciega?

–Muy bien, muy bien, no te pongas así –sonrió Dominic–. En cuanto te haga la señal, sal corriendo.

Lilah esperó, contando hasta diez para controlar los nervios mientras veía al amor de su vida escurrirse como un gato hasta la puerta de entrada del hangar. Lo vio subir al hidroavión y… afortunadamente la portezuela estaba abierta. Luego se volvió para hacerle un gesto con la mano y ella salió corriendo con todas sus fuerzas. En cuanto llegó a su lado, Dominic la tomó por la cintura y la ayudó a subir a la cabina a toda prisa.

–Vamos… cuidado. Ponte el cinturón –le dijo, cerrando la portezuela sin hacer ruido. Luego se puso a examinar una enorme cantidad de botones, relojes y palancas como si las usara todos los días.

Antes de que hubiera podido abrocharse el

cinturón de seguridad, el hidroavión empezó a moverse hacia la salida del hangar, deslizándose por el suelo de cemento casi en silencio. Ni siquiera vieron si alguno de los hombres entraba en el hangar porque enseguida estuvieron en el agua, con Dominic ajustando los alerones del hidroavión.

Y entonces, cuando parecía que estaban a punto de salir de San Timoteo, la suerte los desertó.

Porque deslizándose majestuosamente sobre el agua apareció una motora con el escudo de San Timoteo. Iba directamente hacia el hangar, directamente hacia ellos.

Y sentado al volante de la motora estaba el propio Condesta.

—Dios mío… ¿Qué vamos a hacer? —exclamó Lilah.

—Rezar para que él dé la vuelta porque yo no pienso hacerlo.

Lilah apartó la mirada del dictador para mirar a Dominic, estupefacta.

—¿Lo dices en serio?

—Completamente —contestó él, empujando los mandos para darle velocidad al hidroavión.

—Pero… vamos directamente hacia él.

—No lo puedo evitar. Tenemos que despegar con el viento y ese tipo está en mi camino.

—Pero sus guardaespaldas… ¿no llevan pistola?

—Supongo que sí, pero una pistola no es muy efectiva en esta situación. Y por lo que he visto de los hombres de Condesta, no son precisamente buenos tiradores. Son buenos con los puños, desde luego, pero esto no es lo suyo. No te preocupes…

—¿Que no me preocupe?

—Tranquila, Li. Todo va a salir bien, ya lo verás. No voy a dejar que te pase nada.

«Aunque me cueste la vida», pensó Dominic.

—¿Nicky?

—¿Sí?

—Si esto no sale bien… quiero que sepas que no cambiaría estos días por nada del mundo. O nada de lo que ha pasado.

—Venga, princesa, no te preocupes, no va a pasar nada en absoluto —intentó sonreír Dominic—. Estaremos en el aire en un minuto.

—Sí, seguro que sí, pero si pasa algo, quiero que sepas… que eres el mejor hombre que he conocido nunca. Te quiero. Te quiero mucho y siempre te querré.

Aparte del sonido del motor, la cabina se quedó en completo silencio. Dominic se volvió para mirarla, pero antes de que Lilah pudiera leer lo que había en sus ojos un golpe de viento inclinó el hidroavión hacia la izquierda.

–Como te he dicho –dijo él entonces, agarrando los mandos con las dos manos– todo va a salir bien. Confía en mí. Dame un minuto para que me concentre, ¿de acuerdo?

¿Era su imaginación o la voz de Dominic era un poco menos cálida que antes?

Él volvió a mover los alerones y luego empujó los mandos hacia delante. La motora seguía acercándose a ellos a toda velocidad.

–Confío en ti –dijo Lilah en voz baja. Y como no podía hacer otra cosa, cerró los ojos y empezó a rezar.

Capítulo Doce

Lilah estaba mirándose al espejo del vestidor.

No estaba estupenda, decidió, arrugando el ceño al ver las marcas de cansancio bajo sus ojos, la cicatriz en el hombro, los hematomas en la muñeca cortesía de los guardias de Las Rocas...

Pero tampoco estaba horrible. Estaba morena por los días que había podido tomar el sol en la playa antes de que la detuvieran... y conseguir esos reflejos rubios, que sólo aparecían bajo el sol del Caribe, costaría una fortuna en cualquier peluquería. Y con esos reflejos, sus ojos parecían más azules que nunca. Además, tanto paseo y tanto correr había añadido cierta definición a los músculos de sus brazos y sus piernas.

Y no había nada como un largo baño de espuma, acceso a productos cosméticos y tener un vestido nuevo sobre un sujetador de satén a juego con el tanga, todo comprado en la boutique del hotel, para que una chica brillase como un diamante.

No estaba mal, concluyó. Y eso era decir mucho, ya que unas horas antes ni siquiera estaba segura de que fuera a salir con vida de San Timoteo. Y mucho menos que pudiera estar en la posición de preocuparse por algo tan trivial como el color de una barra de labios.

Lilah cerró los ojos, olvidándose del exquisito lujo de la suite del hotel Royal Meridian para volver al hidroavión y a la bahía de Santa Marita, con la motora de Condesta dirigiéndose directamente hacia ellos.

Y Dominic, con un valor increíble, empujando los mandos para darle velocidad al hidroavión porque sólo así podrían tomar altura.

Su pulso se aceleró al recordar cuando el hidroavión por fin se había levantado, con un golpe que la hizo quedarse pegada al asiento.

—¡Ya estamos en el aire! —había gritado Dominic, girando el hidroavión hasta colocarse encima de la motora de El Presidente, que estaba gritando como un loco mientras sus hombres intentaban que no cayese por la borda.

Dominic le había contado después, porque ella no pudo mirar, que al final El Presidente había caído al agua de un barrigazo.

Lilah sonrió al recordarlo. Pero al pensar en el resto del viaje la sonrisa desapareció. Porque, durante los breves minutos en los que no estaba ocupado hablando por radio con sus hermanos o con las autoridades de Puerto Castillo, Dominic le había dicho otras cosas.

Le había advertido que, debido a las circunstancias... que el hidroavión era robado, la identidad de su propietario, el hecho de que Lilah no tuviera pasaporte, su llegada a Puerto Castillo causaría cierto revuelo.

Le dijo también que cuando aterrizasen, serían detenidos con toda seguridad, separados y entrevistados, pero que estaba seguro de que no tardarían mucho en soltarlos. Y que cuando todo estuviera solucionado, él tendría que encargarse de ciertos detalles, de modo que debía esperarlo en el hotel.

Y Lilah llevaba casi dos horas esperando. Dominic la había llamado para preguntar si quería cenar con él, pero lo que no había dicho, ni entonces ni en el hidroavión, era que la quería.

Pero no pasaba nada, pensó. No le había revelado sus sentimientos esperando una declaración de amor. No esperaba que la tomase entre sus brazos y le dijera que estaba loco por ella...

«Déjalo ya. No te vuelvas loca por algo que no puedes controlar».

Porque podía vivir sin oír esas palabras si hacía falta. Pero no podría vivir sin Dominic, en su vida, en sus brazos, llenando su corazón con su sola presencia. Mientras estuvieran juntos nada más importaba. Esta vez estaba decidida a portarse como una mujer adulta, a darle tiempo a la relación... a darle una oportunidad.

Un golpecito en la puerta la sobresaltó. Dejando la barra de labios sobre la encimera del lavabo, corrió a abrir. Llevaba sandalias de tacón, pero no se dio cuenta, volando como iba sobre el suelo alfombrado.

Cuando abrió la puerta, por un momento se le olvidó respirar.

Recién afeitado y duchado, con vaqueros, una camiseta blanca de algodón y una chaqueta azul marino al hombro, Dominic estaba soberbio.

—Guau.

—Eso digo yo —sonrió él, mirándola de arriba abajo—. Estás... impresionante.

—Tú también. ¿Cuándo te has duchado? ¿Y dónde? Estás estupendo, pero pensé que vendrías directamente de... de donde fuera que hayas ido.

—Espera, espera, espera —rió él, tomándola

por la cintura–. Vamos dentro y te lo explicaré todo. He ido a mi habitación… que está muy bien, pero no puede compararse con esta suite.

–¿Su habitación?

–Pero yo pensé…

–¿Qué?

Lilah se mordió los labios. Había pensado que compartirían habitación, pero evidentemente no iba a ser así.

Daba igual, se dijo a sí misma. Dominic estaba allí y eso era lo más importante. Lo único importante.

–No es nada. Me alegro mucho de verte.

–Sí, yo también.

–Podríamos cenar aquí, en la terraza.

–No, de eso nada. Estás demasiado guapa como para que cenemos a solas. Quiero que te vea todo el mundo. Además, hace una noche preciosa y he oído que el restaurante es de cinco tenedores. Además, hay salón de baile y todo. Voy a dejar esto aquí… –Dominic sacó un sobre del bolsillo de la chaqueta y lo dejó sobre la mesa–. Y nos vamos. Creo que hay una pierna de cordero llamándome a gritos.

–¿Qué es eso? –preguntó Lilah, señalando el sobre.

–Cosas sin las que no puedes vivir: tu pasaporte, dinero, un billete de avión…

–¿Para qué?

–Para volver a casa. Cuando tu abuela quiere algo lo consigue como sea, desde luego. Un coche vendrá a buscarte mañana a las nueve, con una escolta del consulado americano. Ellos te llevarán al aeropuerto.

–Pero... ¿y tú?

Dominic se encogió de hombros.

–Tengo que practicar la diplomacia. A nadie le gusta Condesta, pero el gobierno local no puede ignorar lo que ha pasado. No estaría bien.

–¿No pensarán enviarte de vuelta a San Timoteo? –exclamó Lilah, atónita.

–No, por favor. Un par de reuniones, alguna disculpa y se acabó.

–Ah, menos mal. Qué susto me has dado –suspiró ella–. Pero si eso es todo lo que tienes que hacer, me quedaré contigo.

–Li...

–¿Tienes el número de teléfono de la agencia para cancelar el billete?

–Lilah.

Sólo dos sílabas, pero el tono en que las había pronunciado...

–¿Qué pasa, Dominic?

–No puedes quedarte aquí.

–¿Por qué?

–Porque... tú y yo... ha sido genial. Pero después de esta noche, los dos debemos volver al mundo real.

Estaba despidiéndola, diciéndole adiós. Era su peor pesadilla, el peor de sus recuerdos. Que volvía a repetirse. No quería saber nada de ella. Lo que ocurrió en San Timoteo no había sido más que una escaramuza sexual, debida al pánico, a la angustia que ambos estaban viviendo. No significaba nada para Dominic.

Lilah esperó el momento en que su corazón se rompiera en mil pedazos.

Pero ese momento no llegó. Atónita, tanto por sus palabras como por su propia reacción, se sintió mareada por un momento. Porque Dominic no había dicho lo que ella tanto temía: «no te quiero». De hecho, ni siquiera parecía estar hablando de eso.

Además, ella ya no era una niñata. Era una mujer adulta que podía, y pensaba hacerlo, luchar por él.

–No –dijo con toda tranquilidad.

–¿Cómo?

–Que no voy a marcharme hasta que lo hagas tú. Que no pienso irme como si no hubiera pasado nada. Cuando te dije en el hidroavión que te quería lo dije completamente en serio. Y hacer como si no hubiera ocurrido nada entre tú y yo es una tontería, Dominic. Tú sabes que eso no es verdad. Lo que pasó entre nosotros fue muy real.

Él tragó saliva.

—Sí, de acuerdo, quizá no me he expresado bien. Pero eso no significa que tú y yo… que esto funcione. No funcionaría, Lilah.

—¿Por qué?

—Por mi trabajo, para empezar.

—¿Qué pasa con tu trabajo?

—Vamos a ver, Lilah… ¿es que no lo sabes?

—No, cuéntamelo tú.

—Que es muy peligroso. A veces tengo que estar fuera del país durante semanas o meses. Y suelo arriesgar la vida.

—Yo también tengo que viajar —le recordó ella.

—Pero eso no es…

—Tú no eres el único hombre en el mundo con un trabajo peligroso. Y yo nunca te pediría que lo dejaras, si eso es lo que te preocupa.

Dominic negó con la cabeza.

—No, no es eso… puede que creas que entiendes lo que hago, pero te equivocas…

—He visto lo que haces, Dominic.

—En un par de meses te cansarías de mí. Te cansarías de que nunca estuviera en casa, de no tener a nadie con quien salir a cenar o ir al ballet... o yo qué sé, las cosas que te guste hacer.

Eso la puso furiosa.

–Escúchame bien, Dominic Steele. Estamos en el siglo XXI. Puedo ir sola o con mis amigos donde haga falta. No llevo una vida sofisticada y vivo en un apartamento de dos habitaciones. No voy al ballet y ni siquiera veo la televisión... y suelo pedir comida por teléfono porque siempre estoy muy ocupada.

–Venga, Lilah. Sigues siendo una Anson.

–Si te refieres al dinero, te regalo el fideicomiso de mi abuela. No me hace falta para nada...

–¡Maldita sea, yo no quiero tu dinero! –exclamó Dominic–. Quiero que te des cuenta de que la única razón por la que estamos teniendo esta discusión es porque... porque hemos pasado unos días muy intensos juntos. Tú estabas en peligro y yo intentaba protegerte. Es un caso típico de...

–No te atrevas a decir «síndrome de Estocolmo» o «síndrome del héroe». Me sé todo eso de memoria y no tiene nada que ver.

–No iba a decir eso. Lo que quería decir es que ahora mismo no puedes pensar con claridad. Y yo no voy a aprovecharme de la situación.

–Yo suelo pensar siempre con claridad, Dominic Steele. Y no puedes aprovecharte de alguien haciendo lo que ese alguien quiere –replicó ella.

–Esto empieza a sonar como lo que pasó hace diez años, cuando intentaste decirme qué debía hacer con mi vida...

–¿Yo?

–Sí, tú. Y lo siento, cariño, no me gustó entonces y no me gusta ahora.

–¿Qué tonterías estás diciendo? Por el amor de Dios, Dominic. Yo entonces tenía diecinueve años y estaba tan enamorada de ti que no podía pensar. Sólo quería que estuviéramos juntos... no intenté decirte qué debías hacer con tu vida. Quizá tú estabas a la defensiva...

–Ah, y supongo que fue tu orgullo lo que hizo que me dieras puerta, ¿no?

–No lo sé, es posible. Lo que es seguro es que tú no entendiste lo que quería decir y que no te importó nada que te dijera adiós.

–Eso es lo que tú crees –contestó Dominic.

–Podrías haberte quedado. Pero lo que hiciste fue salir corriendo. Y ahora lo estás haciendo otra vez.

–Lo que intento es hacerte razonar, Lilah. Pero no me estás escuchando.

–¡Ya he oído todo lo que tenía que oír! Pero lo único que haces es darme una lista de las razones por las que no puedes estar conmigo... ¡y a mí esas razones me importan un bledo! ¿De qué tienes tanto miedo, Dominic?

–De nada –contestó él–. Ah, sí, me dan miedo las niñas ricas que no aceptan un no por respuesta.

Lilah dio un paso atrás, como si la hubiera golpeado.

Y antes de que pudiera recuperarse para responder, Dominic se dio la vuelta y salió de la suite.

Dominic tomó un largo trago de cerveza y respiró, aliviado. Le hacía falta.

Sin embargo, esa cerveza no lo animó. Y todo por culpa de Lilah.

¿Quién habría podido imaginar que la persona razonable con la que había compartido los días más apasionados de su vida se convertiría de repente en... en alguien que se negaba a escuchar?

Aunque tampoco había esperado portarse como un completo imbécil. Desde luego, le había dicho lo que debía decir, pero le había faltado tacto. Como siempre.

Y era lógico que Lilah estuviera enfadada.

Pero verla con aquel vestido rojo, el pelo brillante, la piel morena... Así no se podía pensar con tranquilidad.

Y luego ella lo había complicado todo recordándole lo que había dicho en el hidroavión. Había esperado que hubiera reflexionado, que se diera cuenta de que no podía haber un futuro para ellos.

Después de todo, era la nieta de Abigail Anson Cantrell, una niña rica que, además de aquella aventura en San Timoteo, vivía una vida privilegiada. Nunca podría lidiar con las duras realidades de su vida.

«Sí, seguro. Eso explica por qué tuvo el valor de hacer todas las cosas que ha hecho en San Timoteo, como soportar semanas de cárcel, lanzarse por un acantilado en la oscuridad. Estuvo a punto de ahogarse... para después hacer el amor contigo sin quejarse una sola vez del susto que había pasado. Apretó los dientes y aguantó cuando la motora de Condesta se dirigía directamente hacia el hidroavión».

Una mujer con una vida privilegiada, qué tontería.

Dominic volvió a tomar un trago de cerveza, pero ahora le sabía amarga.

«No, Lilah no es una princesa, no es de cristal y sabe defenderse por sí misma».

Y no sólo eso. Diez años antes Lilah había planeado un futuro para los dos. Aun sabiendo que él no confiaba en nadie, había confiado hasta ese punto, haciendo planes para los dos. Y él se marchó por miedo.

«Sólo quería que estuviéramos juntos… no intenté decirte qué debías hacer con tu vida. Quizá tú estabas a la defensiva». Eso le había dicho.

«Un momento. Eso no puede ser», pensó Dominic. ¿O sí?

«¿De qué tienes miedo?».

Y, de repente, la respuesta a una pregunta que ni siquiera se había formulado hasta aquel momento apareció con toda claridad en su cabeza:

«Me da miedo amarla y no poder soportarlo si la relación no funciona».

Atónito, Dominic dejó la cerveza sobre la barra.

–¿Y qué piensas hacer, quedarte aquí, esperando? ¿Seguir engañándote a ti mismo? –se preguntó en voz alta–. ¿Esperar hasta que Lilah encuentre a otro hombre más listo que tú que no la deje escapar?

«No».

La respuesta, clara como el agua, hizo que se levantara del taburete a toda prisa. Luego dejó unos billetes sobre la barra y salió a la carrera. Porque sabía sin ninguna duda lo que tenía que hacer. Porque en algún momento había cruzado la línea. Amaba a Lilah. Y lo único peor que perderla sería saber que había sido demasiado cobarde como para arriesgarse.

También sabía, con toda certeza, que si no lo intentaba pasaría el resto de su vida lamentándolo.

La noche era espectacular.

Una pena que Lilah no se diera cuenta.

Estaba recostada sobre una tumbona, frente a la piscina, sin ver las estrellas brillando sobre su cabeza, pensativa.

No podía dejar de pensar en Dominic.

Si fuera una persona más disciplinada se pondría a nadar en la piscina hasta acabar agotada, como había pensado hacer cuando bajó. Estaría exhausta y no podría preguntarse por qué le había dicho que estaba enamorada de él.

Y no estaría preguntándose qué iba a hacer ahora.

Aunque no había muchas opciones, claro. Porque lo creyese él o no, estaba enamorada de Dominic.

Y no pensaba repetir el error que había cometido antes. No iba a alejarse por orgullo. Se negaba a pasar otros diez años preguntándose qué habría pasado si hubiera tenido valor para hablar con él de nuevo.

De modo que al día siguiente formularía un plan. Olvidaría la discusión y encontraría la manera de hacerle ver que estaban hechos el uno para el otro...

Tragando saliva, se levantó para quitarse el pareo. Sí, lo mejor sería ponerse a nadar, decidió. No podía seguir dándole vueltas a algo que no podía solucionar en aquel momento. Porque estaba volviéndose loca.

Pero cuando se dio la vuelta su corazón se detuvo durante una fracción de segundo.

Porque allí estaba Dominic, a dos metros de ella, apoyado en la verja que daba entrada a la piscina, de brazos cruzados.

–¿Qué haces aquí?

–Estaba pensando lo preciosa que eres.

–¿Ah, sí? –musitó Lilah, con el corazón en la garganta.

–Y en lo idiota que soy yo. Y en que tienes que dejar de darme sustos o voy a sufrir un ataque al corazón.

–¿Yo te asusto?

–La puerta de tu suite estaba abierta de par en par y se me ocurrió que Condesta podría haber enviado a alguno de sus hombres a buscarte…

–Ah. ¿Y eso sería malo?

–Eso sería horrible –contestó él, acercándose–. Eso sería catastrófico.

–¿Por qué, Dominic?

Él le pasó un brazo por la cintura.

–Porque… te quiero, Li. Creo que te he querido siempre y sé que te querré toda la vida. Y no puedo soportar la idea de que alguien te haga daño. Especialmente si ese alguien soy yo.

–Oh, Dominic… –murmuro Lilah, con los ojos llenos de lágrimas.

–No llores, princesa, por favor. Siento mucho todo lo que he dicho antes. No lo decía en serio. Es que he tardado un poco en… entender lo que me pasa. Dime que te casarás conmigo y te juro que pasaré el resto de mi vida intentando compensarte.

–¿Quieres que nos casemos? –preguntó ella, atónita.

–Por supuesto. Has sido la única mujer para mí desde el día que te vi en aquella otra piscina. He tardado algún tiempo en darme cuenta, pero ahora que lo he hecho, no pienso dejarte ir. Eso, si tú también me quieres, claro.

–Sí, sí –sonrió Lilah, echándose en sus brazos–. Claro que te quiero.

–Menos mal. No puedo creer que haya estado a punto de dejarte escapar –dijo Dominic con voz ronca.

Y luego inclinó la cabeza para buscar sus labios y el mundo de Lilah volvió a ponerse en su sitio.

Epílogo

Denver, Colorado
Tres semanas más tarde

El arco de la catedral de Denver estaba lleno de flores blancas: rosas, lirios, jacintos, claveles... había cascadas de flores en las paredes, sobre los bancos de la catedral, sobre la alfombra que llevaba hasta el altar...

—¿Nerviosa, cielo? —le preguntó su abuela cuando estaban a punto de empezar a desfilar por el pasillo.

—No —contestó Lilah—. Llevo toda mi vida esperando este momento.

—Por Dios bendito, Delilah. Pero si has vuelto de San Timoteo hace unas semanas.

—Sí, eso es verdad —murmuró ella, sin dejar de pensar en su futuro marido.

—Aunque debes admitir que he organizado una boda maravillosa.

–Desde luego que sí –asintió Lilah.

–Soy estupenda, lo sé –rió Abigail–. Y tú también. Sabes que me siento muy orgullosa de ti, ¿verdad, hija?

–Sí, abuela.

–Y que sólo deseo lo mejor para ti.

–Sí, claro.

–¿Estás absolutamente segura de que Dominic Steele es el hombre de tu vida?

–Absolutamente.

–Entonces, tienes mi bendición –suspiró su abuela, mirando hacia la entrada de la catedral–. Por el amor de Dios… ¿quién es? –preguntó entonces, señalando a un hombre que acababa de entrar. Era altísimo y tenía un aspecto formidable.

–Es otro de los hermanos Steele –contestó Lilah–. Se llama Taggart.

–Por favor… no parece un hombre civilizado. Claro que ninguno de los Steele es civilizado del todo.

«Si ella supiera», pensó Lilah, intentando disimular una sonrisa. Porque ella había aprendido durante su aventura en San Timoteo que, a veces, la civilización no era tan interesante como parecía.

–Aunque debo admitir que, si tuviera cincuenta años menos, seguramente le echaría el guante –dijo su abuela entonces.

–¡Abuela!

–Cariño, tienes que relajarte –suspiró Abigail–. Ya es hora de que entiendas que si no me gustasen los hombres no me habría casado cinco veces.

En ese momento empezó a sonar la marcha nupcial.

–Venga, cielo, ha llegado la hora.

Lilah no necesitaba que nadie le diera ánimos. Estaba deseando llegar al altar para reunirse con Dominic. Con su Dominic.

Y allí estaba, esperándola, con una sonrisa. Sin importarle escandalizar a la buena sociedad de Denver, la tomó por la cintura y le dio un beso en los labios.

–¿Todo bien?

–Sí, estupendamente. ¿Y tú, estás convencido del todo?

–No he estado más convencido de nada en toda mi vida, princesa.

Sin soltarla, Dominic se volvió hacia el oficiante, sabiendo que Lilah Cantrell iba a hacerle el hombre más feliz del mundo.

Deseo™

Alma solitaria

Sandy Steen

Reese Barrett no podía creer el número de mujeres que había dispuestas a
consolar a un vaquero solitario. Pero
la única que se había ganado su de-
voción había sido la dulce y sincera
Natalie. Pero antes de que pudiera
conocer personalmente a la mujer
que le había escrito aquellas maravi-
llosas cartas, apareció en la ciudad
al seductora Shea Alexander y desató
la libido de Reese. Natalie le había
robado el corazón… pero Shea despertaba todos sus sentidos…

**¿Cómo podría elegir entre las dos mujeres a las que
amaba, a una en cuerpo y a otra en alma?**

Acepte 2 de nuestras mejores novelas de amor GRATIS

¡Y reciba un regalo sorpresa!

Oferta especial de tiempo limitado

Rellene el cupón y envíelo a
Harlequin Reader Service®
3010 Walden Ave.
P.O. Box 1867
Buffalo, N.Y. 14240-1867

¡Si! Por favor, envíenme 2 novelas de amor de Harlequin (1 Bianca® y 1 Deseo®) gratis, más el regalo sorpresa. Luego remítanme 4 novelas nuevas todos los meses, las cuales recibiré mucho antes de que aparezcan en librerías, y factúrenme al bajo precio de $3,24 cada una, más $0,25 por envío e impuesto de ventas, si corresponde*. Este es el precio total, y es un ahorro de casi el 20% sobre el precio de portada. !Una oferta excelente! Entiendo que el hecho de aceptar estos libros y el regalo no me obliga en forma alguna a la compra de libros adicionales. Y también que puedo devolver cualquier envío y cancelar en cualquier momento. Aún si decido no comprar ningún otro libro de Harlequin, los 2 libros gratis y el regalo sorpresa son míos para siempre.

416 LBN DU7N

Nombre y apellido	(Por favor, letra de molde)

Dirección	Apartamento No.

Ciudad	Estado	Zona postal

Esta oferta se limita a un pedido por hogar y no está disponible para los subscriptores actuales de Deseo® y Bianca®.
*Los términos y precios quedan sujetos a cambios sin aviso previo.
Impuestos de ventas aplican en N.Y.

SPN-03

©2003 Harlequin Enterprises Limited